Karel van Keulen

Almnacht

Weihnachts-Special

Postalmkrimi 4

Für meine Frau
und meine Kinder.

Frohe Weihnachten.

Über den Autor

Karel van Keulen, Jahrgang 1962, wechselte nach dem Verkauf seiner Internetfirma vom hektischen Leben in den Niederlanden zu einem friedlichen in den österreichischen Bergen. Land und Leute im Salzburger Land haben es ihm angetan.

Almnacht ist das erste Weihnachts-Special zu den Kriminalromanen um die Polzisten Linz und Tanzberger des LKA Salzburg.

Bisher erschienen:

2016 – Almtod – Ein Postalmkrimi, Teil 1
2017 – Almgold – Ein Postalmkrimi, Teil 2
2017 – Almgras – Ein Postalmkrimi, Teil 3
2017 – Almnacht – Weihnachts-Special, Teil 4
2018 – Alm UFO – Ein Postalmkrimi, Teil 5
2018 – Almkind – Ein Postalmkrimi, Teil 6

Inhaltsverzeichnis

Kapitel 1 5

Kapitel 2 23

Kapitel 3 45

Kapitel 4 64

Kapitel 5 84

Kapitel 6 104

Kapitel 7 123

Kapitel 8 142

Kapitel 9 155

Übrigens ... .180

Danksagung..182

Almnacht ist eine Geschichte zur Unterhaltung.
Die meisten Figuren in diesem Buch sind frei erfunden,
einige wenige basieren auf realen Personen. Da sie alle
Elemente eines fiktiven Szenarios sind, gehören ihre
Charaktere zur künstlerischen Freiheit, die ich mir für
dieses Buch genommen habe.

Karel van Keulen

Kapitel 1

»Und? Traust du dich?«, fragte Tommy seine kleinere Schwester herablassend. »Das ist ganz schön steil.« *Ich bin viel mutiger und stärker als du,* bildete er sich ein. Für seine 11 Jahre lang und dünn, überragte er seine Klassenkameraden um einen halben Kopf. Er hatte ein ernsthaftes Gesicht, braunes Haar und meerblaue Augen. Die siebenjährige Mareen war ein Winzling gegen ihn. Die langen blonden Haare lugten unter ihrer Lieblingsmütze hervor. Die hatte ihre Mutter für sie gestrickt, verziert mit Wintermotiven. Die an der Spitze befestigte große weiße Bommel wippte bei jeder Bewegung hin und her.

»Na klar traue ich mich!«, antwortete sie gespielt schnippisch. »Ich bin doch kein Schneeangsthase.« Sie funkelte ihn an. Ihr Grinsen gab den Blick auf die Zahnlücke im Oberkiefer frei.

Tommy staunte nicht schlecht. Das hatte er nicht von seiner Schwester erwartet. Sicher, beide hatten das Skifahren früh gelernt. Manche sagten, noch vor dem Laufen. Aber dieser Hang war selbst für ihn eine Herausforderung. Er strich seine Haare nach hinten, zog den Helm auf und den Gurt straff, ging für die Abfahrt in Stellung.

»Ich zuerst«, hörte er Mareen fröhlich quaken. Sie hatte die Mütze in die Jacke gesteckt, den Skihelm übergezogen, so wie es ihre Mama aufgetragen hatte. Die Schnallen der Stiefel waren geschlossen, die Bindung saß fest. »Ich warte unten auf dich.« Mit den kleinen Skistöcken stieß sie sich ab. Langsam bewegten sich die Bretter über die Neigung. Dann ging es abwärts.

Ihr Bruder stand mit offenem Mund am Gschlössl, einem der Berge der Postalm, sah ihr hinterher. Er schwitzte in seinem Skianzug. Die Sonne war zu warm, um herumzustehen. *Ich muss sie noch vor dem großen Parkplatz überholen,* nahm er sich vor.

Mareen hatte einen Riesenspaß. Sie lachte und jauchzte.

Beim Skifahren glitt sie dahin, fühlte sich, als könne sie fliegen. Und das vom ersten Mal an, als sie mit dreieinhalb Jahren die Skischule auf dem Hornspitz im Dachsteinmassiv absolviert hatte. Hatten die anderen Kinder von ›Pasta‹ nach ›Pizza‹ gewechselt, um zu bremsen, war sie in die Hocke gegangen. Es konnte ihr nie schnell genug gehen.

Bei Thomas war es anders. Für ihn war Schifahren von Beginn an Sport. Ständig versuchte er, seine Technik zu verbessern, die optimale Fahrweise zu finden. *Halte ich die Stöcke richtig? Was machen meine Knie? Nie die Hüfte zu viel schwingen.* Die Kontrolle seiner Haltung führte er vor jeder Fahrt durch. *Hände durch die Schlaufen, fest zupacken.* Es fühlte sich richtig an. Mit leicht angewinkelten Knien stieß er sich ab.

Bertram Bruckner, ein bleicher Mann mit blassblauen Augen, hatte sich in Schale geworfen. Er trug einen dunkelgrauen Anzug und Hemd vom A&C, dazu eine orangefarbene Krawatte und Halbschuhe, die ihre besten Zeiten hinter sich hatten. Seine kurz geschnittenen schwarzen Haare hatte er in Form gegelt. Obwohl seit Jahren arbeitslos, wollte er unbedingt Abgeordneter im Salzburger Landtag werden. Deshalb nutzte er jede Möglichkeit, um seine Parolen in die Köpfe potentieller Wähler zu pflanzen. So auch heute im Restaurant Lienbachhof.

»Ich weiß genau, was ihr braucht«, säuselte er. »Mehr Geld für die Postalm. Ihr wollt endlich das leidige Thema, die Suche nach Investoren, beenden. Ich kann euch helfen.«

Seine Zuhörer, vier grauhaarige Pensionäre, nickten ihm freundlich zu. Solange Bruckner sie zu gratis Getränken einlud, war ein zustimmendes Brummen, oder ein ›Ja, genau‹ kein Problem.

Josef, der älteste von ihnen, hatte seit einer halben Stunde sein Hörgerät ausgeschaltet. Er fand, Freibier war in Ordnung, aber den Schmarrn musste er sich nicht anhören. Bewegten die anderen drei den Kopf, tat er es ihnen gleich. Waren sie ruhig, täuschte er Interesse vor. Das funktionierte fast immer, selbst bei seiner Frau.

»Versteht ihr, was ich meine? Wenn ich erst einmal im Landtag bin, kann ich der Postalm die Aufmerksamkeit verschaffen, die sie verdient hat.« Bruckner rief die Kellnerin zu sich. »Bringst du uns noch eine Runde? Drei Stiegl, ein Weißbier, für mich noch einen Weißwein. Danke.«

Josef sagte laut: »Ja genau, so wird's gemacht.« Er hatte kein Wort verstanden, aber die neue Bestellung verlangte Zuspruch. Seine Freunde nickten.

»Wie lange gibt es deinen Klub eigentlich schon?«, wollte Rupert, der fitteste der Rentner, wissen.

»Da haben Sie aber eine gute Frage gestellt«, lobte ihn Bruckner. »Die Partei gibt es seit dem Sommer. Die Idee dahinter, eine Alternative für Österreich zu sein, ist jedoch viel älter. Schon lange wollen die Gründer unseres Klubs den alten Parteien etwas entgegensetzen, das sie zum Handeln zwingt. Ohne eine Opposition, die auf den Tisch schlägt, geht das Land den Bach runter. Das ist doch auch Ihre Meinung?«

Wie er es bei den Parteiversammlungen im Klubhaus in Fuschl am See gelernt hatte, war der Zeitpunkt für die Interaktion gekommen. Seine Zuhörer mussten ihm zustimmen. *Nur wer das Wort ›ja‹ sagt, kann überzeugt werden,* hörte er seinen Trainer im Geiste. »Also seid ihr auch dafür, dass das Land Salzburg mehr Geld in die Infrastruktur der Postalm pumpt?«

»Na klar«, erwiderten Rupert und seine Tischnachbarn. Josef nickte.

»Dann verrate ich Ihnen jetzt ein Geheimnis.« Bruckner beugte sich über den Tisch. Konspirativ, als ob kein anderer mithören dürfte, steckten sie die Köpfe zusammen. »Die Regierung in Salzburg will keinen Cent mehr reinstecken in die Postalm. Ich bin selbst dabei gewesen, als sie das beschlossen haben.«

»Ja, genau«, warf Josef ein, sich sicher, die richtigen Worte gefunden zu haben.

»Du warst dabei?«, wunderte sich Rupert. »Du bist doch noch gar nicht gewählt.«

Überrumpelt stotterte Bruckner: »Ich ... ich war ... genau. Ich war unter den Zuschauern. Ich habe es live erlebt, mit eigenen Augen gesehen. Die vergessen uns hier oben. Die wollen nur ihre eigenen Taschen füllen.« Er wusste, seine Antwort war gefährlich. Nicht jede Sitzung, besonders die des Finanzausschusses, wurde öffentlich abgehalten. Aber das konnte der Alte nicht wissen. *Bei Josef hat meine Lüge gewirkt*, dachte er. *Der ist offensichtlich Feuer und Flamme für meine Ideen. Trotzdem muss ich das Gespräch in eine andere Richtung lenken. Sonst werden die alten Knacker vielleicht misstrauisch.*

Er versuchte es mit einem anderen Thema: »Das Geld, die Steuern, die wir alle bezahlen, gehen hauptsächlich in die EU oder zu den Asylanten. Wir wären viel besser dran ohne die Bürokraten in Brüssel.« *Das berührt alle*, triumphierte er innerlich. *Mit Steuern, EU und Asylanten kann ich Wahlkampf machen.* Die Stimmung war durch die Flüchtlingswelle derart angeheizt, dass jeder darüber sprach.

Die Kellnerin servierte die Getränke, eine willkommene Pause für Bruckner. So konnten seine Parolen bei den Zuhörern sacken.

»Wo verkauft mein Sohn seinen Schnaps, wenn wir nicht mehr in der EU sind?«

Der Einwurf schreckte den Möchtegernpolitiker auf. *Das ist das zweite Mal in den letzten Wochen, dass sich jemand für die EU ausspricht. Noch dazu einer, der Beziehungen zum Handel hat. Ich muss vorsichtig sein.* Wer gefragt hatte, war ihm entgangen. Gerade hatte er einem Mann zugewinkt, den er unter allen Umständen auf seine Seite holen wollte. Ein Hotelbetreiber, dessen Einfluss lediglich von seiner Arroganz übertroffen wurde.

Wahlkampf verlangt, mit jedem zu sprechen, ob sympathisch oder nicht, ermutigte sich Bruckner gedanklich. Es ist Zeit, sich von den Tattergreisen zu verabschieden, ohne dass es wie eine Flucht aussieht.

»Ihr entschuldigt mich bitte. Ich muss dorthin, es ist wichtig«, sagte er, klopfte zweimal auf die Tischplatte, bevor er sich mit seinem Weinglas an den anderen Tisch setzte.

Josef schaltete sein Hörgerät ein. »Und wie war's?«, wollte er wissen.

»Na ja, eigentlich wie immer. Viele Versprechen, keine Antworten. Ich wünschte, ich könnte meine Hörmuscheln so abschotten, wie du.« Rupert war ein bisschen neidisch.

»Polit-Amateure mit dem Drang zu Macht haben uns noch nie gutgetan. Ich wähle den nicht«, meinte Paul, der bisher geschwiegen hatte.

»Denkst du ich?«, rief Rupert aus. »Das ist ein Idiot. Der ist doch nur bei den Spinnern von der VÖ, weil er woanders keine Parteimitgliedschaft bekommt. Hat nicht mal 'ne Bila-Karte.«

Sie lachten.

»Selbst der Straßendienst wollte ihn nicht«, ergänzte Josef.

Das Gelächter wurde lauter. Jeder hatte etwas beizusteuern, keiner Gutes. Bertram Bruckner war eindeutig nicht ihr Favorit.

»Ob er von dem dicken Fisch Spendengelder haben will?«, meldete sich Hans Becker, der einzige Deutsche in der Runde, zu Wort.

»Wahrscheinlich. Ein neuer Anzug würde ihm gut stehen.«

Sie hatten ihren Spaß, waren sich einig. Ein Abend bei gratis Bier so kurz vor Weihnachten, was konnte es Besseres geben.

Bruckner hatte neben dem Hotelier platzgenommen. Der letzte freie Stuhl am Tisch von Felix Enzinger bescherte ihm eine illustre Gesellschaft. Ein hohes Tier von der Bank, der Filialleiter einer Baumarktkette, ein Autohausbesitzer nebst Gattin und Frank Leitner, sein langjähriger Freund und Parteikollege aus Oberösterreich. Er hob das Glas zum Gruß.

»Servus Bertraminer, wie ist der Wein heute?«, begrüßte ihn Enzinger spöttisch. »Wieder auf Wählerfang? Wie geht es der Dorothee?«

»Danke, meiner Partnerin geht es gut. Wie geht es Ihrer werten Gattin?«

»Ich hoffe, bestens. Sie ist bei ihrem Liebhaber, einem Tanzlehrer.«

Die Bemerkung verunsicherte Bruckner. Soll ich darauf antworten? Und falls ja, was? Oder war es ein Spaß auf meine Kosten?

Frank Leitner half ihm aus. »Mensch Felix, musst du ihn so behandeln? Er gibt sich Mühe. Wir wollen ihn im Salzburger Landtag sehen. Er ist ein guter Mann.«

»Passt scho, Frank. War nur ein Spaß. Wie geht es voran mit dem Wahlkampf?«, wollte er von Bruckner wissen.

»Ich bin zufrieden, Herr Enzinger. Fünf Wochen vor der Wahl ist zu früh für eine realistische Prognose. Aber ich bin zuversichtlich. Die Kleinarbeit, von Tür zu Tür, von Gaststätte zu Gaststätte, das bringt Wählerstimmen. Die der vier da drüben, wo ich gesessen bin, habe ich.«

Alle schauten zum besagten Tisch hinüber. Die Pensionäre waren gut gelaunt.

»Sei dir mal nicht so sicher, Bertram. Bis zur Wahl ist noch lange hin. Andere werden auch jede Gelegenheit nutzen. Was ist denn dein Wahlprogramm?«

»Ich stehe voll hinter meiner Partei, Herr Enzinger. Weniger Steuern, raus aus der EU, die Grenzen dichtmachen. Wir sind ein souveräner Staat, sollten uns von den Beamten in Brüssel nicht sagen lassen, was wir zu tun haben.«

»Und die Flüchtlinge?«

»Keine Flüchtlinge mehr. Wenn die Grenzen einmal zu

sind, können wir unser Land vor den Sozialschmarotzern beschützen.«

»Sozialschmarotzer ist gut«, warf der Banker ein. »Bist du nicht selbst seit Jahren arbeitslos? Wer, denkst du denn, zahlt die Steuern für dich?«

»Aber ich bin Österreicher. Bin hier geboren.« Bruckner war beleidigt.

»Das heißt, ein Sozialschmarotzer aus Österreich ist in Ordnung?«

»Jetzt ist aber mal gut!«, unterbrach Frank Leitner das Wortgefecht. Die scharfen Fragen der Beteiligten brachten seinen Schützling in arge Bedrängnis. »Wir sollten lieber darüber nachdenken, was Bertram für uns bewirken könnte, wenn er erst einen Sitz im Landtag hat.«

»Na gut«, versuchte es Enzinger erneut. »Hast du dir schon Gedanken gemacht, in welche Ausschüsse du gehen willst, Bertram?«

»Familie und Soziales«, kam die Antwort prompt. »Das will ich heute oder morgen auf meiner Webseite und Facebook bekanntgeben.«

Felix Enzinger schüttelte den Kopf. Dermaßen Dummes hatte er nicht erwartet. Selbst arbeitslos, keine eigenen Kinder, ein Wahlprogramm, das man mit sozial nur schwer in Verbindung bringen konnte. Seine Meinung stand fest: Der Typ war ein Hohlkopf. »Junge, das wird nichts. Wenn du etwas bewegen, die Region voranbringen willst, musst du in den Bauausschuss oder zum Tourismus. Dort liegt die Zukunft.«

»Wieso das?«, Bruckner verstand nicht. »Ich wollte für die Wählerinnen und Wähler da sein. Nicht über Akten mit Blaupausen sitzen.« Er schaute erwartungsvoll in die Gesichter der Anwesenden. Ihm schwante, dass er sie enttäuscht hatte.

Sogar Frank ließ die Schultern hängen. »Was in Gottes Namen denkst du, bewirken zu können, wenn du im Sozialausschuss sitzt?«, fragte er. »Wenn du Erfolg haben willst, musst du was mit Bau machen. Schau dir Felix an.

Seit zwei Jahren will er hier oben auf der Postalm ein Hotel bauen. Die Genehmigung wäre kein Problem, aber die Zuschüsse sind zu gering. Es soll sich schließlich für alle lohnen. Da könntest du was ausrichten. Jeder hätte seine Vorteile, auch du.«

Die Aussage verblüffte den angehenden Politiker. Noch vor zwei Tagen hatte er sich mit Leitner über seine Pläne unterhalten, lag auf einer Linie mit ihm. Und nun war alles anders. Allerdings war ihm klar, dass sein Einzug in den Landtag ohne Franks Unterstützung gefährdet war. Langsam ging Bruckner ein Licht auf. *Ah … eine Hand wäscht die andere.*

»Wenn sich das für alle lohnen soll, was ist mit mir?«, fragte er.

Enzinger lehnte sich zurück, lächelte breit.

»Ich glaube, ich muss nach Hause. Es ist schon dunkel«, brachte der Mann von der Bank vor, schickte sich an, zu gehen. Das Gespräch lief in eine Richtung, die nicht für seine Ohren bestimmt war.

Der Besitzer des Autohauses, seine Frau und der Baumarktleiter schlossen sich ihm an. Ein kurzes: »Bis zum nächsten Mal. Pfiat enk!« Dann waren Bruckner, Leitner und der Hotelier allein. Im Lienbachhof lichtete sich die Besucherzahl.

Im Gegensatz zu ihrem Bruder war Mareen eine gerade Linie zum vereinbarten Ziel gefahren. Sie hatte die Arme in die Luft gestreckt, vor Freude gejubelt, nachdem sie als Erste angekommen war.

Thomas hatte aufgeholt, den anfänglichen Abstand auf 3 Meter verkürzt. Es wurmte ihn, von seiner kleinen Schwester besiegt worden zu sein. *In allem bin ich besser als sie. Warum hat es diesmal nicht funktioniert?*

»Du hast geschummelt, Mareen! Du bist losgefahren, ohne vorher bis drei zu zählen«, schmollte er.

»Ne-eh, hab ich ni-ich!«, erwiderte sie triumphierend. »Ich habe bis drei gezählt. Du hast es bloß nicht gehö-ört!«

Schelmisch streckte sie ihm die Zunge durch die Zahnlücke. Gegen Tommy zu gewinnen, war großartig. Normalerweise war er Erster, aber dieses Mal hatte er den Anschluss verpasst.

Ihr Bruder war nicht böse auf sie, ganz im Gegenteil. Wie sie den Berg hinuntergeschossen war, hatte ihn beeindruckt. Allerdings hatte er nicht vor, mit einer Niederlage nach Hause zu gehen. Er hatte eine Idee.

»Was ist, kleine Schwester, noch eine Fahrt? Der Lift schließt in 5 Minuten. Zeit für einen letzten Lauf.«

»Du willst nochmal verlieren?« Ein Strahlen breitete sich in ihrem Gesicht aus. »Na klar! Noch einmal, aber dann müssen wir zu Bertram. Der wartet sicher schon.«

Thomas' Miene verfinsterte sich. »Ach Quatsch, der wartet nicht auf uns! Der macht bestimmt wieder Politik. Mama sagt, er will was aus sich machen.«

»Weißt du, Tommy, Papa fehlt mir sehr. Ich hoffe, dass er an Weihnachten kommen kann. Seit September habe ich ihn nur zweimal gesehen. Es war sooo toll, wenn er abends am Bett eine Geschichte vorgelesen hat. Scheidung ist doof!« Sie war mit einem Mal traurig.

Ihr Bruder konnte nicht antworten. Ein dicker Kloß saß in seinem Hals. Auch er vermisste ihren Vater, die abendliche Zeit mit ihm. Bei ihm war es der Blick durch das Fernrohr gewesen. Sie hatten sich den Mond mit seinen Millionen Kratern zu ihrem liebsten Studienobjekt auserkoren. Tagelang hatten sie versucht, die Landestelle der ersten Mondfähre zu finden. Leider war ihr Teleskop zu klein für diesen Zweck. Aber darauf war es ihm gar nicht angekommen. Die Stunden der Gemeinsamkeit waren ihm viel wichtiger.

Bertram, der neue Freund ihrer Mutter hatte keinerlei Interessen. Weder Gutenachtgeschichten noch die Sternenguckerei. Wenn Thomas aus der Schule kam, lief der Fernseher, lagen die Füße seines Stiefvaters auf dem Tisch.

Mareen riss ihren Bruder aus den Gedanken. »Willst du

nun noch einmal verlieren oder gehen wir zum Lienbachhof? Der Lift schließt gleich.«

»Na gut, du Zwerg, eine Abfahrt.« Er klopfte ihr freundschaftlich auf den Helm. »Diesmal werde ich dich nicht gewinnen lassen.«

Sie erreichten den Gipfel des Gschlössls nach wenigen Minuten. Weit und breit war niemand zu sehen. Sie waren die Letzten, die den Sessellift vor der Dämmerung benutzten. Der Schneefall wurde dichter.

»Wir sollten uns beeilen«, meinte Thomas besorgt. »Wenn es so weiter schneit, sehen wir die Hand vor Augen nicht mehr. Ich habe meine Stirnlampe nicht mit. Wir müssen aufpassen, dass wir nicht gegen ein Hindernis knallen. Ich möchte dich nur ungern zurücktragen müssen.«

»Keine Angst, es passiert schon nix«, beruhigte ihn Mareen. »Sollen wir lieber da lang fahren?«

Seine Blicke folgten ihrem ausgestreckten Arm. »Du meinst, nach rechts rüber am Wald vorbei? Dann können wir die letzten 300 m über die Straße gehen. Keine schlechte Idee, Kleine. Da sind auch keine Pfeiler, die den Lift abstützen. Also gut, wer als Erster an der Straße ist. Eins, zwei, drei.« Tommy fuhr los.

Mareen musste sich beeilen. Der Schneefall war so stark, dass sie ihn nach 20 Metern nicht mehr sehen konnte. Doch sie wusste, welche Richtung er eingeschlagen hatte. Mit den Skistöcken drückte sie sich ab, fuhr ihm in die Dunkelheit hinterher.

Bruckner saß mit Leitner allein am Tisch im Schankraum des Lienbachhofs, der Hotelier hatte sich längst verabschiedet.

»Hör mir zu, Bertram! Es ist wichtig, wenn du es wirklich schaffen willst. Bis du gewählt bist, musst du zu allem Ja und Amen sagen, ob es dir gefällt oder nicht. Leute wie Enzinger können dich überallhin bringen, falls sie das Gefühl haben, du würdest ihnen nützen. Dass er für dich und deine Familie einen Urlaub in der Karibik bezahlen will, ist nur der Anfang. Wenn er einmal in deiner Schuld steht, wirst du sehen, ist alles möglich. In zwei Jahren hast du ein eigenes Haus, in zehn bist du ein allseits angesehener Mann.«

»Gibt es denn keinen Ärger, wenn ich es nicht allen recht machen kann?«, fragte Bruckner.

»Ach Bertram, bist du einmal im Olymp, wer kann dich da wieder rausschmeißen? Doch nur der Wähler. Und wenn du in den letzten zwei Monaten irgendwas für die machst, dich geschickt in die Medien bringst, hast du mit denen kein Problem. Wenn Vorwärts Österreich die Fünf-Prozent-Hürde schafft, hast du viereinhalb Jahre Zeit, dein Ding durchzuziehen. Und Enzinger ist nicht der Einzige, der dich um Hilfe bitten wird. Noch glaubt er, er ist der große Macher. Doch wir, die wir im Landesparlament sitzen, sind die, die ihn weiterbringen können. Sollte er dich nicht bei Laune halten, kann er sein Hotelprojekt auf der Postalm vergessen.«

Bruckners Mobiltelefon klingelte. Es war Dorothee, seine Freundin.

»Hallo, Schatz, bist du fertig auf der Arbeit?«, fragte er. »War viel los?«

»Natürlich war viel los! Das Hotel ist ausgebucht. Jeder will essen, bevor er in die Disco geht. Die Küche ist voll besetzt.«

»Wann soll ich dich abholen, Schatz?«

Leitner klopfte mit dem Zeigefinger auf die Armbanduhr, wollte ihm zu verstehen geben, dass er mehr Zeit benötigte.

»Deshalb rufe ich an, Bertram. Es ist gleich halb fünf, bis sechs Uhr werde ich arbeiten müssen. Wenn du um drei viertel sieben hier sein kannst, bin ich fertig.«

»Ist gut, mache ich, Doro. Aber wieso brauchst du solange?«

»Die Abrechnung ist bei dem Betrieb nicht so schnell erledigt. 18:45 Uhr ist machbar. Wie geht es den Kindern?«

»Die sind draußen und spielen im Schnee. Aber jetzt muss ich aufhören, Schatz. Ich bin nicht allein.«

»Gut. Bis später.« Sie beendete das Telefonat.

Bruckner steckte das Handy zurück in die Tasche, bestellte ein weiteres Glas Wein für sich, eine Schorle für seinen Freund.

Ein Paar, das an der Fensterfront Platz genommen hatte, bekam ihr Essen. Sie waren die einzigen anderen Gäste. Durch die einsetzende Dämmerung und das Schneetreiben hatten die Meisten den Gasthof vorzeitig verlassen. Die beiden Parteifreunde konnten in Ruhe ihren Schlachtplan schmieden.

Thomas fuhr, so schnell er konnte. Die schlechte Sicht hinderte ihn nicht daran, seine Schwester abzuhängen. Dieser Hang war flacher als der vorherige, hier kam es auf Technik an. Eine Schussfahrt ähnlich der, die Mareen hingelegt hatte, war unmöglich. Er hatte bereits gewonnen, sie wusste es nur noch nicht.

Er blickte über seine Schulter, konnte sie nicht ausmachen. Der Schneefall wurde heftiger. *Eigentlich Wahnsinn, dass wir nochmal losgefahren sind*, ging ihm durch den Kopf. Auf der linken Seite erkannte er hohe Bäume. *Die dürften da gar nicht stehen. Es sei denn, ich habe mich verfahren.* Ein weiterer Blick nach hinten, keine Spur von Mareen. Ihm wurde mulmig im Bauch.

Er war die Strecke schon hunderte Male gefahren, aber an die Bäume konnte er sich nicht erinnern. Er vollführte zwei kunstvolle Schlenker, stellte die Skier quer, bremste ab bis zum Stillstand. Er musste die Schutzbrille abnehmen. Sobald er stand, beschlugen die Gläser. *Wo bin ich? Bin ich so weit nach rechts abgedriftet, dass ich in der Nähe der Jugendherberge rausgekommen bin? Oder noch weiter weg? Und wo ist Mareen?*

Thomas horchte in die Stille. Entweder war sie nicht in seiner Nähe oder die Mütze unter seinem Helm hinderte ihn daran, ein Geräusch wahrzunehmen. Zwei Minuten lang stand er so in der Dunkelheit. Angst kroch ihm in die Glieder. *Hoffentlich ist ihr nichts passiert.*

Seine Schwester war das Wichtigste für ihn. Sie hatte vor nichts Angst, war unbeschwert und zu jedem Unsinn bereit. Er war sich sicher, sie würde einmal ein heißer Feger werden. Seine Aufgabe als großer Bruder würde ihm alles abverlangen. Ohne jeden Zweifel. Wenn ihr etwas zugestoßen war, würde er sich das nie verzeihen können. *Ich bin ihr Beschützer.*

Da sah er jemanden auf sich zukommen. Die schemenhafte Bewegung ließ sein Herz vor Freude hüpfen. Helle Jacke und Helm, eigentlich rosa, eine kunterbunt gemusterte Hose. *Das ist sie!*

»Wo warst du denn, Mareen?«, rief er ihr entgegen. »Ich habe mir große Sorgen gemacht.«

Sie war nicht in der Lage, zu antworten. Sie hatte geweint, das konnte er ihr ansehen. Ohne ihren Bruder, orientierungslos, hatte selbst sie die Angst ergriffen. Statt ihn wütend anzuschreien, fuhr sie bis ganz dicht an ihn heran, umarmte ihn, so fest sie konnte. »Ich hab dich wieder, Tommy!«, seufzte sie erleichtert. »Weißt du, wo wir sind?«

»Nein, keinen Schimmer. Die Bäume da drüben kann ich nicht einordnen. Ich glaube, wir müssen in unseren Spuren zurückgehen. Wenn wir sicher sind, wo wir uns befinden, fahren wir runter zum Parkplatz.«

»Ich glaube, das geht nicht. Unsere Spuren sind kaum noch zu sehen, der frische Schnee hat sie zugedeckt. Außerdem ist es ganz schön dunkel. Was sollen wir tun, Tommy? Du weißt doch immer, was das Beste für uns ist.«

Für gewöhnlich stimmte das. Aber nun hatte er die Orientierung verloren. Und er hatte sein Handy im Auto lassen müssen, weil er sein altes vor 3 Wochen beim Fußballspielen verloren hatte. Er hatte lange betteln müssen, um ein neues zu bekommen.

»Es gibt zwei Möglichkeiten, Mareen«, sagte er nach einer kurzen Zeit der Überlegung. »Entweder weiter geradeaus, irgendwann muss ein Weg kommen. Oder wir fahren durch den Wald. Was anderes fällt mir nicht ein.«

»Ich habe Angst, Tommy. Was ist, wenn wir uns verlaufen haben?«

»Dann gehen wir in das Knusperhäuschen, schubsen die Hexe in den Ofen und essen uns an den Lebkuchen satt.«

»Ja genau! Und du hältst einen Hühnerknochen durch das Gitter.« Sie lachte. Nicht so fröhlich wie sonst und nur kurz. »Ich habe Angst.«

»Wir schaffen das, kleine Schwester. Wir haben es immer geschafft. Ich passe auf dich auf, dir wird nichts geschehen. Nachher sitzen wir zu Hause im Wohnzimmer, lachen über das, was uns heute passiert ist.« Thomas schluckte mehrmals. Er hatte sich dabei ertappt, etwas gesagt zu haben, das er selbst nicht glauben konnte. Nur, um Mareen zu beruhigen.

»Ich hab dich lieb, Tommy. Wir bleiben in jedem Fall zusammen.«

Sie hatte recht. Wenn sie aufeinander aufpassen würden, konnten sie zurückfinden.

»Ich bin bereit, was ist mit dir?«, sagte er mit fester Stimme. »Ich gehe vor, du bleibst ganz dicht hinter mir. Wir schaffen das!«

Er setzte die Brille auf, prüfte den Gummizug, Handschuhe, Skistöcke. *Es wird eine Fahrt wie jede andere,* sprach er sich in Gedanken Mut zu. Er drehte sich um, rief: »Los geht's«, stieß sich mit aller Kraft ab. Augenblicklich war er verschwunden.

Luis Mannbarth saß mit seinem Onkel und Chef der Abtenauer Polizeiinspektion Stefan Mannbarth in dessen Büro. Der junge Bezirksinspektor sollte ihn kommenden März im Amt ablösen.

Obwohl der Kontrollinspektor die 60 überschritten hatte, wollte er erst in Rente gehen, nachdem er ein paar schwierige Aufgaben, die anstanden, erledigt hatte. Eine Bürde, die er seinem Nachfolger nicht hinterlassen wollte.

Der über einen Meter neunzig große kräftige Mann hatte die Inspektion mit strenger Hand und Herz viele Jahre lang geleitet.

Sein dreißigjähriger Neffe war vor 9 Monaten von Hallein nach Abtenau versetzt worden. Er hatte sich mehrfach bewährt, zuletzt bei der waghalsigen Verfolgung eines Drogenkuriers mit dem Motorrad im Gelände der Postalm. Dem 1,85 Meter großen Polizisten sah man seine ausgezeichnete Fitness nicht an. Er hatte dichtes dunkles Haar, hellbraune Augen und ein offenes Gesicht, das im Moment von Besorgnis getrübt war.

»Du siehst furchtbar aus, Stefan. Geht dir das so sehr zu Herzen?«

»Ich kann nicht mehr, mein Junge. Ich glaube nicht, dass ich es bis zur Pension schaffe. Die letzten fünf Tage drücken mir schwer auf die Seele. Das Asylbewerberheim zu schließen, war die schlimmste Pflicht, die ich je erfüllen musste. Die Flüchtlinge aus den Kriegsgebieten tun mir leid.«

»Ich kann dich gut verstehen. Das war kein rühmlicher Auftrag. Was wird aus den Menschen?«

»Ich habe keine Ahnung, Luis. Erstmal werden sie wohl in Salzburg interniert. Was danach mit ihnen geschehen wird, steht in den Sternen.«

»Und die Familien? Werden sie zusammenbleiben?«

»Ich weiß es wirklich nicht, mein Junge. Ich hatte meine Befehle und habe sie ausgeführt. Aber ich mag mich selbst nicht mehr. In 40 Dienstjahren ist mir dergleichen nicht passiert. Als ich frisch von der Polizeischule kam, erreichten die Boatpeople aus dem Vietnamkrieg unser Land. Wir haben Ihnen geholfen, teils aus Pflichtbewusstsein, teils aus humanitären Gründen. Oder die Jugoslawien-Krise? Die Menschen sind geflüchtet, wir haben sie aufgenommen. Ungarn, Chilenen, Volksdeutsche, stets haben wir helfende Hände gereicht.«

Luis schaute seinen Onkel verständnislos an. »Das kannst du nicht vergleichen, das waren andere Zeiten.«

»Natürlich kann ich das vergleichen!«, begehrte Stefan auf. »Es ist Krieg, und keiner von denen, die hierhergekommen sind, weder Kinder noch Mütter noch treu sorgende Väter, haben das gewollt. Er ist nie gewollt von den Opfern, die Oberen lassen ihn führen. Und die Bevölkerung muss es ausbaden.«

»So meinte ich das nicht, Stefan. Ich wollte sagen, damals hatten wir andere Gesetze. Die Außengrenzen der EU gab es noch nicht. Deshalb ist es nicht dasselbe.«

Sein Onkel hatte Mühe, die Tränen zurückzuhalten. Das Gewissen ließ ihm keine Ruhe.

»Ich weiß, Luis, es ist schwieriger geworden, seinen Gefühlen zu folgen. Sei froh, dass du nicht dabei warst. Die Angst in den Augen einiger Syrer werde ich nicht vergessen. Ich hoffe nur, dass nicht ein zweites Macondo entsteht. Wir würden unsere Identität verlieren.«

»Macondo?«

»Eine Flüchtlingssiedlung bei Wien. Da haben wir von 1956 an Flüchtlinge aus Ungarn, Vietnam, Chile und anderen Ländern untergebracht. Einige der ersten leben bis heute dort. Ich will jetzt nicht darüber reden. Vielleicht später einmal.«

»Ist denn sonst alles gut gegangen?«, wollte Luis wissen. »Standen genug Busse zur Verfügung?«

»Ja, sogar zu viele. Sieben Afrikaner, drei Afghanen und zwei Ehepaare aus Syrien sind verschwunden. Die meisten werden wohl bei Freunden unterkommen, einige ins Ausland entkommen. Ist nicht mehr mein Problem. Das Heim ist geschlossen, wir wenden uns wieder den hiesigen Problemen zu. Kühe auf den Straßen, Butterpreise.«

So hatte Luis ihn noch nie erlebt. Die letzten Monate hatten seinem Onkel seelisch mehr abverlangt, als er vertragen konnte. Sein schwarzes Haar ergraute zusehends, die Haut war ausgetrocknet und bleich. Seine Augen hatten den Glanz verloren, er war müde geworden.

»Geh nach Hause, Stefan, es ist gleich fünf. Mach dir einen schönen Abend mit Mine. Ich regele hier alles.«

»Danke. Pfiat di!« Der Kontrollinspektor verließ ohne ein weiteres Wort das Inspektionsgebäude.

Sein Neffe machte sich große Sorgen um ihn.

Mareen schrie, was ihre Stimme hergab. Sie hatte zu sehen müssen, wie Thomas vor ihren Augen im Nichts verschwand. De ganze Zeit über hatten sie am Rande eines steilen Abhangs gestanden, ohne ihn wahrgenommen zu haben. Jetzt war ihr Bruder weg, schon wieder.

»Tommy, Tommy wo bist du? Wie geht es dir? Hast du dir wehgetan?«, rief sie in die Nacht. Er antwortete nicht.

Sie öffnete die Bindung zu ihren Skiern, legte sich auf ihre Bretter, rutschte vorsichtig bis zu der Stelle, an der er abgestürzt war. Was sie sah, verängstigte sie. Nur Schneetreiben, kein Ende des Hanges, kein Thomas.

Sie formte mit ihren Händen einen Trichter vor dem Mund, gab ihren Rufen eine Richtung. »Sag doch was, Tommy! Ist dir was passiert?«

Niemand antwortete.

Ohne Zögern warf sie die Skier über den Abhang, steckte die Hände durch die Schlaufen der Stöcke. Sie ertastete den Abgrund, drehte sich, rutschte auf dem Hosenboden den Hang hinab. Mit den Absätzen der Schuhe und den Stöcken bremste sie. Sie war schnell, aber nichts im Vergleich zu dem, was ihrem Bruder passiert war. Sie landete in einem Berg aus weichem Pulverschnee. Nun musste sie nur noch Tommy finden. Auf allen vieren kriechend tastete sie die Schneedecke ab.

Sie brauchte nicht lange zu suchen. Er lag da und rührte sich nicht. Sie setzte sich auf ihn so wie in ihrem Zimmer, wenn sie rauften, und hopste. Er erwachte nicht aus seiner Bewusstlosigkeit.

»Irgendwie muss ich dir helfen, Tommy! Du bist doch auch immer für mich da«, sagte sie, streichelte ihm zärtlich über das Gesicht. Eine warme Flüssigkeit benetzte ihre Finger. Ihr Bruder blutete, sein Helm war abgegangen, er lag ungeschützt in der Kälte.

Mareen zog ihre Lieblingsmütze aus der Tasche, wollte ihn beschützen. Als wäre er eine Puppe, begann sie, ihn zu versorgen.

»Jetzt ziehen wir dir erst mal meine Mütze an, Tommy. Dein Kopf ist sicher schon ganz kalt. Deine Jacke ist hochgerutscht. Warte, ich helfe dir.« Sie hielt inne, schaute ihn überrascht an. »Was hast du gesagt? Ich soll Hilfe holen? Nix da, kommt gar nicht infrage. Ich weiß nicht, wo wir sind, ich würde nie zurückfinden.« Sie tat, als ob sie lauschte. »Was? Ich soll dich alleinlassen, Tommy? Das mache ich nicht, ich bleibe bei dir. Ich lege mich auf dich und wärme dich. Es ist dunkel, Mama wird bestimmt nach uns suchen. Ich hab dich lieb, Tommy, ganz dolle.«

Es war 18 Uhr durch, Mareen konnte die Augen nicht mehr aufhalten. Sie hatte getan, was in ihrer Macht stand. Nun wollte sie nur noch schlafen.

Kapitel 2

»Abgemacht, Frank. Ich werde erstmal drauf verzichten, meine Pläne auf Facebook zu posten. Ich warte ab, was sich ergibt. Was Enzinger gesagt hat, interessiert mich, also der Bau- und der Tourismussektor.«

»Das ist gut, mein Freund. Willst du dir deine Zukunft sichern, halte Augen und Ohren offen. Wir sind eine neue Partei, viele unserer Ideen sind radikal. Wenn du gewählt werden willst, bleibt dir nichts anderes übrig, als sie zu vertreten, zumindest zu Beginn. Die Vorwärts Österreich hält große Stücke auf dich. Wir vertrauen dir. Also mach was draus! Nutze jede Gelegenheit, die sich dir bietet, um Unterstützer zu gewinnen.«

Leitner zahlte, übernahm Bruckners Rechnung im Wissen um dessen finanzielle Lage. Langzeitarbeitslos, ohne Berufsausbildung und Aussicht auf Besserung hatte er Bertram vor einigen Monaten vorgeschlagen, sich in der Parteizentrale zu melden. Er sollte sich engagieren, helfen, Plakate zu kleben, alles machen, was anfiel. Dort hatten Bruckner die Ideen der VÖ gepackt: mehr Geld für die Österreicher, raus mit denen, die keine Steuern zahlen. Obwohl selbst vom Staat abhängig, sah er die Angelegenheit differenziert. Frank war von vornherein klar, dass Bertram ihm nützlich sein konnte. Mit einem anständigen Haarschnitt, in Anzug, Hemd und Krawatte sähe er ansprechend aus. Eine Woche später war er Kandidat für den Landtag, eine perfekte Marionette.

Bruckner winkte seinem Freund zum Abschied zu. Er lehnte sich zurück, um das, was er an diesem Abend gehört hatte, zu verarbeiten. Das Paar, das seine Mahlzeit beendet hatte, und er waren die letzten Gäste. Er sah auf die Uhr, es war 18:05 Uhr. Sein Handy klingelte aufdringlich.

»Ja Schatz, bist du fertig?«, meldete er sich.

»Ich habe sogar schon die Abrechnung gemacht. Wenn du jetzt losfährst, bin ich in 30 Minuten vor der Tür. Dann musst du nicht mehr am Wirt vorbei. Wie geht es den Kindern? Hatten sie Spaß?«

Ihm wurde schlagartig heiß. *Die habe ich total vergessen,* dachte er. *Ich werde sie suchen müssen.* Ein Blick durch das Fenster zeigte ihm, dass die Pistenbeleuchtung ausgeschaltet war. Bloß die große Laterne auf dem Parkplatz brannte. Ein heller Kranz umschloss die Lichtquelle wie ein Heiligenschein aus Millionen kleiner Schneekristalle.

»Sie sind draußen, mein Schatz. Ich glaube, sie bauen einen Schneemann irgendwo in der Nähe vom Auto«, log er dreist. »Vor einer halben Stunde waren sie noch hier.«

»Gut. Beeile dich bitte! Bis gleich.«

In Windeseile kleidete sich Bertram an. Er legte den Schal um, schloss die Jacke bis obenhin, zog die Handschuhe an, setzte den Hut auf. Ein letztes Danke an die Bedienung, ein Nicken für das Paar.

Der kalte Wind schlug Bruckner brutal ins Gesicht. Die Schneeflocken fühlten sich wie Nadelstiche an, er kniff die Augen zusammen, zog den Schal fester, den Hut tiefer. *Jetzt bloß noch die Fratzen einsacken, dann mache ich mir einen schönen Abend,* malte er sich aus. *Mareen und Tommy sind bestimmt müde. Sie werden nicht stören.* Bei einem Glas Wein, einem Actionfilm im Fernsehen würde er seinen Erfolg mit Dorothee feiern.

Er befreite das Auto vom Schnee, startete den Motor, schaltete das Licht ein. Zweimal kurz hupen, Pause, noch zweimal. Das vereinbarte Zeichen, wenn er allein mit ihnen unterwegs war. Gleich konnte er den Heimweg antreten. Der Wind war mörderisch.

Während er die Scheiben freikratzte, brütete er über Enzingers Angebot. *Eine Reise für die ganze Familie auf eine Karibikinsel. Ein netter Mensch, dieser Hotelier.* Aber Bertram hatte sich das anders vorgestellt. *Wenn die Kinder zu den Großeltern gehen, habe ich eine Woche länger. Und Dorothee. So ein Urlaub ist schon lange fällig. Wenn Politik so funktioniert, habe ich die richtige Richtung eingeschlagen.* Er schaute auf die Uhr. Eine Viertelstunde war vorüber, von Mareen und Thomas keine Spur. Wieder hupte er. Eins, zwei, Pause, eins, zwei. Nichts.

»Jetzt muss ich die Bälger auch noch suchen! Bei dem Wetter! Die werden was erleben!«, fluchte er vor sich hin. Er kramte in seiner Tasche, holte eine Zigarette heraus, die erste an diesem Abend. Frank hatte ihm gesagt: »Es kommt bei den Wählern gut an, Nichtraucher zu sein. Hast du dich unter Kontrolle, wirkst du souverän.« Doch im Augenblick war er allein. Niemand würde sich über eine Rauchpause aufregen.

Bruckner ließ den Motor laufen. Hatte der die richtige Betriebstemperatur, war es drin nicht mehr so kalt. Die Frage, ob es für die Maschine gut ist, stellte er sich nicht. Es war Dorothees Wagen, ein alter Opel Corsa. Kein geeignetes Fahrzeug für einen Spitzenpolitiker.

Langsam gegen den Wind gehend entfernte er sich vom Auto. Außerhalb des Lichtscheins der Straßenlaterne war die Sicht gleich null. Er übersah einen Papierkorb, fiel hin, landete der Länge nach in einer verharschten Reifenspur. Das Knie tat ihm weh, der Hut hatte sich verabschiedet.

»Verdammt, hätte Thomas nur sein Handy mitgenommen!«, fluchte er, obwohl er es dem Jungen verboten hatte. »Wenn ihr nicht sofort kommt, fahre ich ohne euch!«, rief er mit aller Kraft in die Dunkelheit. »Ich meine das todernst! Ihr kommt jetzt her, los!«

Niemand kam, keiner antwortete.

Es war kurz vor sieben, Stefan Mannbarth saß im Schaukelstuhl vor dem offenen Kamin seines Wohnzimmers. Ihm war kalt. Er hatte das Gefühl, die Zehen nicht mehr zu spüren, horchte in sich hinein. *Irgendwas stimmt nicht mit mir. Zum Arzt gehe ich nicht so kurz vor der Rente. Wenn ich in Pension bin, habe ich Zeit genug. Bis dahin muss ich durchhalten.*

Hermine, seine Frau, kam herein, das Haustelefon in der

Hand.

»Ich störe dich nur ungern, Stefan, doch es scheint dringend zu sein.« Sie reichte ihm das schnurlose Gerät. »Eine junge Frau, eine Dorothee Gschwandner, es geht um ihre Kinder. Wenn ich richtig verstanden habe, werden sie vermisst. Gehst du bitte ran?«

Ein tiefer Seufzer verließ seine Brust. Zwei Tage bis Weihnachten. Die festliche Stimmung machte einen Bogen um ihn. Ruhe hätte er gebrauchen können, nicht zusätzliche Aufregung.

»Mannbarth«, meldete er sich.

»Griaß di, Stefan. Du musst mir helfen! Die Kinder sind weg, Mareen und Thomas«, erklärte sie mit aufgeregter Stimme. »Sie waren auf der Postalm Skifahren, sind nicht zurückgekommen. Ich mache mir so Sorgen!«

»Griaß di, Dorothee? Die Dorothee, die mit dem Justus Gschwandner verheiratet ist? Wo bist du?«

»Justus und ich leben seit einem Dreivierteljahr getrennt. Die Kinder waren mit meinem neuen Freund Bertram Bruckner von heute Mittag an auf der Piste. Sie sind nicht zurückgekehrt. Bertram steht oben auf dem Parkplatz, sucht seit Stunden nach ihnen. Kannst du uns helfen?«

»Bitte beruhige dich erstmal, Doro. Hast du sie denn nicht auf dem Handy erreichen können?«

»Nein. Tommy musste es im Auto lassen, weil er erst vor kurzen eins verloren hat. Ich verdiene nicht so viel, dass ich ihm andauernd ein neues kaufen könnte. Und Mareen hat noch keins.«

»Verstehe. Hast du schon auf der Inspektion angerufen?«

»Nein. Ich dachte, ich versuche es direkt bei dir.«

»In Ordnung. Erzähle mir bitte genau, was passiert ist.«

Stefan war besorgt. Er kannte Dorothee, eine nette, fesche junge Frau. Allerdings hatte ihn die Nachricht über die Trennung überrascht. Solche Dinge blieben in der Marktgemeinde nicht lange unbemerkt. Er kannte auch ihre beiden Kinder. Besonders Mareen war ihm lebhaft in Erinnerung. Ein Sausewind, lieb und frech zugleich. Sie hatte beim letzten Dorffest einer älteren Dame über den Zebrastreifen geholfen. Das kleine Mädchen und die alte Frau waren ein Bild, das zu den schönsten seiner Karriere gehörte.

»Ich bin in Gosau im Hotel Alpenstube. Ich arbeite hier. Vor einer halben Stunde hätte Bertram mich abholen müssen, doch der sucht die Kleinen seit um fünf. Das hat er mir eben erst erzählt. Er wollte mich nicht beunruhigen, hat er gemeint. Nun ist es umso schlimmer.«

»Dorothee, höre mir bitte genau zu. Du rufst deinen Freund an, sagst ihm, dass er am großen Parkplatz auf uns warten soll. Ich werde sehen, wen ich alles mobilisieren kann. Wir werden dein Dirndl und deinen Buben schon finden. Kannst du ein Taxi nach Abtenau nehmen, oder soll ich dich abholen lassen?«

»Ich fahre mit dem Taxi. Danke, Stefan! Soll ich zur Inspektion kommen?«

»Das ist am besten. Treffen wir uns dort. Bis gleich. Pfiat di!«

Mine schaute ihren Mann bedrückt an. Auch hatten sie selbst keine Kinder, sie fühlte den Schmerz der Mutter, als ob es ihre eigenen wären.

»Soll ich dir die Uniform rauslegen?«

»Besser den Skianzug, Liebling. Es wird kalt. Ich muss auf die Postalm. Wir müssen Mareen und Thomas finden, lebend. Einen weiteren schweren Schlag verkrafte ich nicht. Nicht so kurz vor dem Heiligen Abend.«

Wortlos verließ Hermine das Zimmer, legte seine Sachen zurecht.

Stefan wählte die Nummer seines Neffen.

»Griaß di! Wo bist du?«, fragte er, bevor Luis sich melden konnte.

»Ich bin zu Hause, Onkel. Was ist denn?«

»Ich hatte gerade einen Anruf. Dorothee Gschwandner, eine Abtenauerin, die jetzt in Golling wohnt, braucht Hilfe.

Ihre beiden Kinder, ein Mädchen, sieben, und ein Junge, elf Jahre alt, werden vermisst. Oben auf der Postalm. Ruf bitte alle an, die helfen können. Wir treffen uns in 20 Minuten in der Inspektion. Dorothee kommt auch. Bis gleich.«

Rund um die Inspektion tummelten sich Fahrzeuge, Dienstwagen, zivile Autos, ein Transporter der Bergrettung. Rund 20 Personen standen vor dem Gebäude, unterhielten sich hektisch. Luis Mannbarth hatte sie mobilisiert. Als er seinen Onkel ankommen sah, rannte er zu ihm.

»Eigentlich habe ich keine Ahnung, was passiert ist, Stefan. Es hörte sich dringend an. Kannst du mich bitte über die Details informieren?«

Mit Ächzen, wackligen Knien, dicken Rändern unter den Augen wuchtete sich der Kontrollinspektor aus dem Auto. Luis bemerkte, dass er große Mühe hatte, sich auf den Beinen zu halten. So hatte er seinen Onkel noch nie gesehen.

»Ich glaube, du gehörst ins Bett, Stefan«, sagte er besorgt. »Hast du irgendwo Schmerzen?«

»Nein, lass mal, Junge, ich bin in Ordnung. Ist Dorothee angekommen?«

»Bisher nicht. Du sagtest, sie käme aus Gosau. Dort ist mehr Schnee als hier gefallen. Kannst du mir die Situation genauer erklären? Ich weiß nur, dass zwei Kinder, Junge und Mädchen, vermisst werden.«

Stefan musste sich am Wagen anlehnen. Das Atmen fiel ihm schwer. »Doro hat mir am Telefon gesagt, ihr neuer Freund, Bertram Bruckner, sei mit ihren, also Dorothees Kindern auf die Postalm. Während die Kleinen Skifahren waren, hat er sich im Lienbachhof aufgehalten. Als sie zum vereinbarten Zeitpunkt nicht am Treffpunkt waren, hat er versucht, sie zu finden. Er soll von fünf bis sieben nach ihnen gesucht haben. Ohne Ergebnis.«

»Haben sie denn kein Handy dabei?«

»Nein, leider nicht. Der Bub musste seins im Auto lassen, weil er kürzlich eins verschusselt hat. Das Dirndl hat noch keins.«

»Also werden sie seit 17 Uhr vermisst. Jetzt ist es«, Luis schaute auf seine Armbanduhr, zog die Augenbrauen hoch, »19: 22 Uhr. Fast zweieinhalb Stunden sind vergangen. Wie sollen wir vorgehen?«

Ein Taxi blieb vor der Einfahrt zur Inspektion stehen. Eine Frau Anfang 30 mit dunklen mittellangen Haaren, sprang heraus, rannte zielstrebig auf Stefan zu. Sie trug ein Dirndl und Trachtenschuhe als Arbeitskleidung. Ihr hübsches, rundliches Gesicht war angeschwollen, die Schminke verlaufen.

»Wisst ihr schon etwas Neues? Bertram sagt, es gibt keine Spur.« Panik stand in ihren Augen.

»Beruhige dich erstmal, Dorothee! Beschreibe uns bitte den Ablauf des Geschehens.«

»Habe ich dir bereits am Telefon erzählt.« Obwohl ihr Mantel die nackten Beine freigab, schien sie die Kälte nicht zu spüren. »Bertram steht auf dem großen Parkplatz oben, hat zur Orientierung das Licht am Auto eingeschaltet, hupt immer wieder. Das ist die letzte Information, die ich habe.«

Der junge Mannbarth berührte die Frau vorsichtig am Arm. Er würde übernehmen müssen, sein Onkel sah miserabel aus. »Bevor wir alle hochfahren, weise ich die Helfer ein. Wir können uns in meinem Wagen unterhalten. Willst du hierbleiben und die Suche koordinieren, Stefan?«

»Auf keinen Fall. Aber ich würde gern bei dir mitfahren. Dann können wir uns besprechen.«

Luis wusste zwei Dinge: Er konnte ihn nicht umstimmen. Und es ging ihm weit schlechter als angenommen, denn er wollte nicht selbst fahren.

Ein lauter Pfiff brachte die Anwesenden zum Schweigen. Der Bezirksinspektor übernahm die Leitung. »Zwei Kinder, Mareen, ein siebenjähriges Mädchen und Thomas, ein elfjähriger Junge, werden seit der Dämmerung vermisst. Sie sind vom Skifahren auf der Postalm nicht zurückgekehrt. Das Wetter oben hat sich verschlechtert. Es schneit und ist windig, wir werden kaum Sicht haben. Seid vorsichtig, schwärmt aus, meldet euch alle 30 Minuten bei mir. Stefan wird im Lienbachhof sein, dort bilden wir die Zentrale. Auf geht's Leute.«

Jeder stieg in sein Fahrzeug. Eine beachtliche Kolonne verließ Abtenau.

Luis hatte alles organisiert. Wer in der Lage war zu helfen, folgte ihnen. Wer mittelbar unterstützen konnte, war informiert. Die Pistenraupen legten den Parkplatz frei. Ulli Buchegger, die Wirtin des Lienbachhofs, hatte Kaffee und Tee bereitgestellt. Matthias Gwechenberger von der Mautstelle der Postalmstraße hatte die Schranke geöffnet. Er und seine Frau Sandra würden ihnen folgen, sie hatten selbst Kinder. Zu Hause im Warmen zu sitzen, wäre ihnen nie in den Sinn gekommen.

Bei der Ankunft der Autos im Skigebiet war der geräumte Platz vor der Gastwirtschaft in diffuses weißes Licht getaucht. Die starken Lampen hatte man sich von einer nahen Baustelle ausleihen dürfen.

»Genau das habe ich befürchtet«, meinte der junge Polizist. »Das Licht könnte ein Problem werden. Der Schnee reflektiert zu stark. Wir müssen uns was einfallen lassen. Was denkst du, Stefan?« Er schaute zum Beifahrersitz. Der Kontrollinspektor saß mit geschlossenen Augen neben ihm. Würde er nicht schwer atmen, hätte man glauben können, er schliefe. Luis kontrollierte den Puls. *Zu schwach für den Bären von Mann,* stellte er fest. Er öffnete das Fenster, rief einen der Helfer herbei.

»Sepp, hast du eine Ahnung, wann der Notarzt kommt?«

»Er ist schon da, steht hinter der Standortkarte. Was ist denn?«

»Stefan geht es schlecht. Er scheint bewusstlos zu sein.«

Luis drehte sich zu Dorothee Gschwandner um. Sie war kreidebleich im Gesicht. »Du gehst am besten ins Lokal«, sprach er sie ruhig an. »Einige Helfer sind bereits dort. Deinen Freund wirst du wahrscheinlich auch treffen. Ich kümmere mich um meinen Onkel, komme so schnell wie möglich nach.«

Sie nickte zum Einverständnis, stieg wortlos aus.

Eine Person in rotgelber Signaljacke klopfte ans Fenster.

»Griaß di, ich habe keine Ahnung, was er hat«, sagte Luis, gab den Platz frei für den Arzt. »Seit einigen Tagen geht es ihm schlechter. Die Nerven gehen mit ihm durch. Aber so habe ich ihn noch nie gesehen. Kannst du schon sagen, was er hat?«

»Nein, dafür ist es zu früh«, antwortete der Mediziner gepresst. Der Zustand des Inspektionsleiters schien ihm Sorgen zu bereiten. »Wir bringen ihn in den Rettungswagen.« Er stieg aus, eilte davon.

Ein piepsendes Geräusch zog die Aufmerksamkeit des jungen Mannbarth auf sich. Der Transporter fuhr rückwärts an sein Einsatzfahrzeug heran. Zwei Sanitäter zogen eine Tragbahre heraus, schoben sie durch den Schnee an die Beifahrerseite. Mit tausendmal geübten Griffen wurde Stefan aus dem Fahrzeug auf die Bahre gehoben und in den RTW verfrachtet. Zuletzt stieg der Arzt ein, schloss die Türen, entzog Luis die Sicht auf seinen Chef, Onkel und Freund.

In der Gaststätte warteten mehr als 30 Helfer auf ihn. Auch Lukas Graf, Helmut Zwilling, Karl Sporn und einige ihrer Kollegen standen in der Menge. Die Jäger hatten von den Kindern erfahren, wahrscheinlich durch Matthias. Man hielt zusammen auf der Alm.

»Vielen Dank, dass ihr alle gekommen seid«, eröffnete Luis die Zusammenkunft. »Was wir bisher wissen, ist dürftig. Von ungefähr 14 Uhr an waren die siebenjährige Mareen und der elfjährige Thomas Gschwandner

Schifahren. Sie werden seit 17 Uhr vermisst, haben kein Mobiltelefon dabei. Ihr Stiefvater, Bertram Bruckner, hat 2 Stunden lang ohne Erfolg nach ihnen gesucht. Wir wissen nicht, wo sie sich zuletzt aufgehalten haben. Sie können quasi überall sein.«

Eine Hand ging nach oben. »Griaß di, Luis. Ich bin Franz«, sagte der Mann, der seinen Hut verlegen vor der Brust hielt. »Ich habe heute den Lift am Gschlössl bedient. Ich kenne die zwei, Thomas geht mit meinem Enkel in dieselbe Klasse. Nach ihm und Mareen ist keiner mehr hochgefahren. Da hatte es schon begonnen, zu schneien.«

»Danke für deine Information, Franz. Zumindest wissen wir jetzt, wo wir mit der Suche beginnen können. Hat sie sonst noch jemand gesehen? Zu einem früheren oder späteren Zeitpunkt?«

»Servus, zusammen. Ich heiße Herbert, arbeite in dem Kiosk gleich hier gegenüber. Ich gehöre zu den Letzten, die hier abschließen. Das war heute fast um sechs. Da war niemand mehr auf der Piste.«

»Bist du dir sicher?«

»Ganz sicher. Ich kontrolliere die Türen zu den Garagen der Pistenraupen. Dazu gehe ich einmal um das Gebäude herum, habe alle Skihänge im Blick. Wären die Kinder irgendwo in der Nähe gewesen, wären sie mir aufgefallen.«

»Danke, Herbert, gut zu wissen. Wir konzentrieren uns auf das Gschlössl. Die Jäger, danke dass ihr gekommen seid. Ich habe gesehen, dass ihr mit euren Motorschlitten hier seid. Könnt ihr hochfahren und von dort aus beginnen? Wir kommen euch von unten entgegen.«

»Passt.« Für Lukas und seine Kollegen war die Aufgabe klar. Sie wussten, was sie zu tun hatten, verließen die Besprechung.

Ein anderer Mann meldete sich zu Wort. »Servus, guten Abend. Ich bin Markus Galler von der Bergrettung. Wenn ich einen Vorschlag machen darf, Herr Bezirksinspektor. Ich habe lange dünne Stöcke, die für die Suche nach Lawinenopfern benutzt werden, in meinem Transporter.

In den letzten 3 Stunden ist über 10 cm Schnee gefallen, es gibt Verwehungen. Sollten die Kinder darunter verborgen sein, könnten wir sie lokalisieren. Außerdem habe ich Fackeln mit. Deren rotes Licht wird nicht so stark reflektiert.«

»Das ist großartig, Markus, vielen Dank«, übernahm Luis. »Ich bin sicher, die Suche kannst du besser koordinieren als ich. Du hast die meiste Erfahrung. Wärst du bereit, die Leitung zu übernehmen?«

»Passt, Luis, gern. An die Helfer, die draußen mitmachen: Wir treffen uns in 5 Minuten am Fahrzeug der Bergrettung.«

Kaum hatte der Suchtrupp die Gaststätte verlassen, entbrannte ein Streit zwischen Dorothee und Bertram.

»Du hast wieder deinen Scheißwahlkampf durchgezogen! Das kotzt mich an! Mareen, Tommy und ich sind dir völlig egal.« Mit den letzten Worten schlug sie ihm mit der flachen Hand so fest ins Gesicht, dass das Klatschen im gesamten Raum zu hören war. Doch sie war noch nicht fertig. »Das sind kleine Kinder, die benötigen Aufsicht! Du solltest auf sie aufpassen. Es war deine verdammte Pflicht!«

»Aber Schatzi, das habe ich doch die ganze …«

»Halt den Mund und lüg mich nicht an! Wenn den Kleinen etwas zugestoßen ist, dann gnade dir Gott!«

Ehe sie ihren Freund abermals ohrfeigen konnte, war Luis zur Stelle. »Warte! Nicht so, Dorothee«, beschwichtigte er sie. »Das ist keine Lösung. Ihr solltet zusammenhalten. Mareen und Thomas brauchen euch beide.«

»Du hast ja keine Ahnung!«, erwiderte sie mit erhobener Hand. »Der Mistkerl hat sie den ganzen Tag unbeaufsichtigt gelassen. Sie hatten nicht einmal einen warmen Tee.«

»Bitte, Dorothee, ich kümmere mich darum. Kannst du den verbliebenen Helfern die Kinder beschreiben? Größe,

Haarfarbe, Kleidung. Das wäre hilfreich.«

»Ja, ja, ich lasse euch allein.« Ihre Wut war noch nicht vorüber. »Ich will mir die Ausreden sowieso nicht anhören.« Sie ging.

Luis setzte sich zu Bruckner.

»Danke«, brummte der verlegen.

»Wofür?«

»Dem Schutz vor der zweiten Watsche. Die erste war schmerzhaft genug.«

»Ich habe das nicht für Sie getan. Dorothee hat ihre Kraft noch nötig. Sie in Ihre Auseinandersetzung zu investieren, wäre nutzlos.«

Bertram hob den Kopf. Zum ersten Mal blickte er den Polizisten direkt an.

»Kenne ich Sie irgendwoher?«, fragte Luis.

»Nein, nicht das ich wüsste. Ich bin nicht von hier. Ich bin aus Hallein.«

»Hallein? Meine alte Inspektion. Egal. Was können Sie mir zum Verschwinden der Kinder sagen? Seit wann sind sie weg? Was haben Sie in der Zwischenzeit unternommen? Gab es irgendwelche Besonderheiten? Hatten Sie Streit?«

»Moment, Herr Inspektor!« Die Hände abwehrend vor sich haltend unterbrach er ihn. »Es gab keinen Zank. Im Gegenteil, ich verstehe mich prächtig mit den beiden. Ich war seit etwa halb fünf immer wieder draußen, um nach ihnen zu sehen. Doch sie sind nicht aufgetaucht.«

»Gut, also kein Streit. Was ist mit ungewöhnlichem Verhalten? Was haben Sie getan, um sie zu finden?«

»Sie haben sich ganz normal gegeben. Sich verabschiedet, sind auf dem direkten Weg zum Lift.«

Zum zweiten Mal war Bertram der Frage, wie er vorgegangen war, ausgewichen. Dorothee hatte recht, die Kinder schienen ihm egal zu sein. Und Luis kannte ihn. Woher, wollte er später klären.

»Waren Sie allein hier?«

»Wieso, Herr Inspektor?«

»Ich frage, weil eventuell jemand anderes etwas gesehen haben könnte.«

»Ja, mein Parteikollege und einige meiner Anhänger waren hier. Sind jedoch schon vor längerer Zeit gegangen.«

»Würden Sie bitte die betreffenden Personen anrufen? Es könnte sein, dass sie die Kinder noch gesehen haben. Eine ungefähre Zeitangabe für den letzten Kontakt würde sehr helfen.« Luis erhob sich. »Ich komme gleich wieder zu Ihnen.«

»Mache ich sofort, Herr Inspektor.« Bruckner holte sein Handy aus der Tasche, wählte zuerst die Nummer seines Parteifreundes.

»Frank? Hier Bertram. Bist du schon zu Hause?«

»Ja, weshalb fragst du?«

»Ich habe ein Problem, die beiden Kinder sind weg. Die Polizei ist mit einem Großaufgebot eingetroffen. Die wollen wissen, mit wem ich wie lange hier gesessen habe. Wegen der Aufsichtspflicht, denke ich.«

»Moment mal«, unterbrach ihn Leitner. »Die Polizei ist bei dir?«

»Ja, sicher. Uniformierte und an die fünfundzwanzig Mann aus der Gegend. Bergretter, Sanitäter, Jäger, freiwillige Helfer, das volle Programm.«

»Verdammt! Wie konnte das passieren? Wann hast du sie das letzte Mal gesehen?«

»Die sind sofort Skifahren gegangen, da habe ich sie zum letzten Mal gesehen. Wir hatten abgemacht, dass sie um 16 Uhr am Auto sind. Da war ich aber noch in der Gaststätte und habe Wahlkampf gemacht. Und bevor du fragst, sie haben kein Handy mit.«

»Scheiße! Irgendwas müssen wir unternehmen. Lass mich überlegen. Ich glaube, ich habe eine Idee. Ich melde mich in zehn Minuten zurück. Bis gleich.« Leitner unterbrach die Verbindung.

Zehn Minuten, stöhnte Bertram innerlich, *zehn Minuten unter den Augen dieses Polizisten. Frank stellt sich das so einfach vor.*

Verstohlen spähte er zu den anderen. Keiner achtete auf ihn. Er tat so, als ob er weiterhin telefonierte, hielt sich das Handy ans Ohr, sagte ab und an: »Hm, ja«, verhielt sich geschäftig. Endlich meldete sich sein Freund zurück. Er würde wissen, was zu tun war.

»Halt den Mund und hör zu!«, raunzte Frank. Er klang gehetzt. »Keiner, der mit am Tisch gesessen hat, darf da hineingezogen werden. Hörst du?« Er machte eine Pause. Sein Schützling sollte mit einem Ja antworten, damit er wusste, dass er begriffen hatte. »Ob du verstanden hast?«

»Na klar, habe ich verstanden! Aber ich sollte den Mund halten.«

Leitner verdrehte die Augen. So jemand Begriffsstutzigen hatte er lange nicht mehr erlebt. »Dann ist ja gut. Keine Namen. Politiker müssen verschwiegen bis ins Grab sein«, sprach er kurzatmig weiter. »Ich helfe dir da raus, habe alles in die Wege geleitet. Warte ab. Ich melde mich später am Abend bei dir.« Er hatte das Gespräch beendet, ohne Bruckner anzuhören. Der wollte noch etwas sagen, etwas Wichtiges. *Beim nächsten Mal,* nahm er sich vor.

Der junge Mannbarth saß mit Dorothee an der Nähe der Eingangstür und redete über ihre Kinder.

»Was kannst du mir sonst noch sagen? Die Kleidung, Haarfarbe und Größe haben wir. Gibt es auffällige Merkmale? Augenfarbe, Narben, Sprachfehler?«

»Nein, nichts«, schluchzte sie. »Die Augen sind bei beiden blau. Ein schönes Blau. Wie das Meer in Kroatien.«

»Haben sie das schon eher getan? Ich meine, länger draußen bleiben als vereinbart?«

»Luis, meine Kleinen sind wie alle Kinder.« Sie wischte sich die Augen trocken, putzte die Nase, bevor sie weitersprach. »Manchmal kommen sie später heim, ab und zu auch früher. Sie haben viele Freunde. Tommy spielt Fußball.«

Er machte sich Notizen. Eigentlich brauchte er das nicht zu tun, für die Suche war es unerheblich. Aber Dorothee hatte Anteilnahme und Ablenkung nötig.

Die Helfer waren schon eine halbe Stunde unterwegs, keiner hatte ihn über den Stand der Dinge informiert. Vor ihm saß Frau Gschwandner, weinend, verzweifelt, wütend auf Bertram Bruckner. Als ob das nicht genug wäre, war Stefans Schicksal ungewiss.

Luis wünschte sich weg, zu Anna. Ob sie schon bei ihm zu Hause war? *Das ist es,* blitzte ein Gedanke auf. *Hat schon jemand daran gedacht?* »Eine Frage hab ich noch, Dorothee. Sind Mareen und Thomas vielleicht nach Hause gegangen? Oder zu Freunden? Haben sie den Bus genommen?«

Sie antwortete nicht. In ihrer Verzweiflung war ihr diese Variante nicht eingefallen. Schnell holte sie ihr Telefon heraus, begann einen nach dem anderen anzurufen. Zeit für ihn, sich nach seinem Onkel zu erkundigen.

Auf sein Klopfen an der Hecktür des Krankentransporters hin öffnete ein Sanitäter.

»Guten Abend. Können Sie mir sagen, wie es ihm geht?«, fragte Luis freundlich.

»Nicht jetzt, Sie stören!«

»Moment!«, rief jemand aus dem Inneren des Fahrzeugs. Der Arzt hatte die Stimme des Polizisten erkannt. »Kommen Sie rein. Es ist kalt. Wir sollten die Tür schnell schließen.«

Er tat, worum er gebeten wurde.

»Hören Sie zu, Herr Mannbarth! Ihrem Onkel geht es schlecht. Zurzeit kann ich nichts ausschließen. Sein Puls ist schwach. Die Geräte an Bord lassen keine hinreichende Diagnose zu. Wir werden ihn sofort nach Hallein bringen, der Ersatzwagen ist unterwegs. Kann ich Ihre Rufnummer haben? Ich würde Sie informieren, wenn wir mehr wissen.«

Luis bedankte sich, legte eine Visitenkarte auf den polierten Edelstahlschrank. Bevor er nach draußen ging, sprach er den Sanitäter an: »Eins noch. Sie sollten dringend an Ihren Kommunikationsfähigkeiten arbeiten. Ich tue ebenso meine Pflicht wie Sie.«

Im Schankraum flammte der Streit zwischen Dorothee und Bertram erneut auf. Sie schrie ihn an, er hörte zu. Bruckners Wangen waren gerötet. Wahrscheinlich hatte er noch ein paar Ohrfeigen einstecken müssen. Luis ging dazwischen.

»Lass das, Dorothee! Das bringt uns nicht weiter.«

»Der Arsch hat sie sich selbst überlassen!«, schrie sie. »Wenn ihnen was passiert ist, drehe ich ihm den Hals um!«

»Bitte, Dorothee, soweit solltest du nicht einmal in Gedanken gehen«, erwiderte der Polizist. Natürlich hatte er Verständnis für die Frau. Sie hatte panische Angst um ihre Kinder. »Hast du telefoniert? Irgendjemanden erreicht, der Mareen und Tommy gesehen hat?«

»Oh ja, das habe ich! Alle haben dasselbe erzählt. Der Idiot ist nicht ein einziges Mal bei ihnen gewesen. Sie waren von Beginn an allein.« Sie unterdrückte den Wunsch, ihren Freund zu schlagen. »Die Steffi Kremser hat gesagt, dass Bertram die ganze Zeit hier gesessen und einen Wein nach dem anderen in sich hineingekippt hat. Politik hat er gemacht, meinte sie. Er ist von Tisch zu Tisch gegangen, um Leute zu überreden, ihn zu wählen. Er will in den Landtag, mit der VÖ, Vorwärts Österreich.«

Luis schaute zwischen beiden hin und her. Er brauchte eine Aufgabe für die Frau, um sich ungestört mit Bruckner unterhalten zu können. *Irgendwoher kenne ich ihn*, schoss es ihm wieder durch den Kopf.

»Könntest du dich bitte um die ersten Rückkehrer kümmern, Dorothee? Ihnen Tee oder Kaffee einschenken? Falls sie neue Informationen haben, meldest du dich bitte bei mir. Ich möchte gern allein mit deinem Freund reden.«

Schweigend verließ sie den Tisch. Jedes Wort, ob freundlich oder nicht, war verschwendet. Mit geballten Fäusten lief sie in Richtung Tresen.

»Herr Bruckner«, begann Luis. »Sie haben gesagt, dass Sie die beiden Kinder immer im Blick hatten. Dass Sie ab fünf Uhr Ausschau gehalten haben, zwischen sechs und sieben nach ihnen gesucht haben. Ist das so richtig?«

»Das stimmt, Herr Inspektor. Ich habe mich bei der Suche total verdreckt. Schauen Sie. Würde ich so aussehen, wenn ich bloß hier dringesessen hätte?« Er stand auf, präsentierte sich. Alles, was der kurze Mantel nicht bedeckt hatte, war versaut. Die Ärmel seines Jacketts waren bis zur Armbeuge beschmiert.

Sein Gegenüber blieb unbeeindruckt. »Wenn Sie glauben, dass mich das beruhigt, sind Sie auf dem Holzweg. Ich habe mit der Wirtin gesprochen. Sie hat bestätigt, dass Sie seit 14 Uhr den Gastraum ein einziges Mal verlassen haben. Sie vermutet einen Gang zur Toilette. Sie sollten mit der Wahrheit fortfahren, den Kindern und Ihrer Freundin zuliebe.«

»Sie sind ein Witzbold! Was erwarten Sie, das ich jetzt sage?« Halbherzig schlug er mit der Faust auf den Tisch. »Natürlich bin ich nicht ununterbrochen bei ihnen geblieben. Sie waren zum Skifahren hier. Ich bin nicht neben ihnen den Hang hinabgelaufen. Dass ich mich unterhalten habe, stimmt. Ich will in die Politik, kann auf keinen potentiellen Wähler verzichten. Aber die Kellnerin kann mich nicht die ganze Zeit im Visier gehabt haben. Der Raum war brechend voll. Mindestens 150 Gäste!«, übertrieb er. »Wie will sie mich pausenlos beobachtet haben?«

»Herr Bruckner, ich habe so meine Erfahrungen mit Bedienungspersonal. Es hat stets im Blick, wer bezahlt hat und wessen Rechnung noch offensteht. Es ist meist ein Garant für korrekte Informationen.«

»Ich sage die Wahrheit. Warum die Frau lügt, weiß ich nicht. Ich bleibe dabei, ich habe lange nach den Kindern gesucht, sie aber nicht gefunden. Wenn sie wirklich dort drüben am Hang sind, ist es kein Wunder, dass ich ihnen nicht begegnet bin. Da hinauf konnte ich mit meinen

Schuhen nicht gehen.«

Zur Bekräftigung hob er einen Fuß, zeigte seine billigen Halbschuhe. Definitiv das verkehrte Schuhwerk für den Winter.

Das Knattern der herannahenden Schneemobile kündigte die Rückkehr der Jäger an. Luis sah, wie sich vor dem Fenster einige Leute sammelten, heftig gestikulierten. Fürs Erste hatte er genug von Bruckner erfahren, der Suchtrupp war nun wichtiger.

»Wir werden uns noch einmal sprechen, Herr Bruckner. Wenn ich herausfinde, dass Sie mich angelogen haben, ist Dorothee Ihr kleinstes Problem. Ich hoffe, ich habe mich verständlich ausgedrückt.«

Er zog den Reißverschluss seiner Jacke bis zum Kinn, verließ den Gasthof, um mit den Helfern zu reden.

Lukas Graf kam auf ihn zu.

»Griaß di, Luis. Leider keine guten Nachrichten. Die Sicht macht eine Suche fast unmöglich. Helmut und Karl kommen auch zurück. Das Licht der Scheinwerfer wird so stark gestreut, dass wir keine 3 Meter weit sehen können. Außerdem sind in der Zwischenzeit über 20 Zentimeter Neuschnee gefallen. Sollten sie darunterliegen, besteht die Gefahr, dass wir sie mit den Schneescootern überfahren. Es wird uns nichts anderes übrig bleiben, als das ganze Gebiet zu Fuß abzugehen.«

»Danke, Lukas.« Luis war enttäuscht. »Wäre auch zu schön gewesen, um wahr zu sein. Weißt du was Neues von denen, die euch vom Parkplatz aus entgegengekommen sind? Die mit den Stöcken?«

»Ja, ich habe gerade mit Markus gesprochen. Sie sind ebenfalls auf dem Rückweg. Er müsste in ein paar Minuten eintreffen.«

»Dann geht schon mal hinein. Wärmt euch auf, trinkt was. Ich warte auf die anderen.«

Der Jäger nickte, stapfte durch den Schnee in Richtung Lienbachhof.

Noch eine Sache quälte den jungen Mannbarth. Er musste telefonieren. Anna, seine Freundin, hatte keine Ahnung, wo er war, sorgte sich sicher. Er verschob den Anruf. Erst war Hermine, Stefans Frau, dran. Er atmete zweimal tief ein, drückte die Kurzwahltaste.

»Griaß di, Mine, hier ist Luis. Ich muss dir etwas sagen.« Tränen schossen ihm in die Augen, seine Stimme drohte zu versagen. »Stefan ist zusammengebrochen. Der Notarzt hat ihn gerade nach Hallein ins Krankenhaus gebracht.«

Er hatte erwartet, dass sie ihn mit Fragen durchlöchern würde, aber sie blieb still. Er schaute auf sein Handy. Die Verbindung stand noch, daran konnte es nicht liegen.

»Bist du noch da, Mine?«

»Ja, ich bin noch da«, antwortete sie leise. »Wie geht es ihm? Ist es ernst?«

»Ich will dich nicht anlügen. Er ist in meinem Auto ohnmächtig geworden. Zum Glück stand der Notarzt direkt neben uns. Es kann theoretisch alles sein, auch eine harmlose Sache, er wollte sich nicht festlegen.«

»Danke, dass du mich informiert hast. Bist ein guter Junge. Wo ist Anna? Ist sie bei dir?«

»Nein, ich habe noch nicht mit ihr gesprochen. Sie müsste in meiner Wohnung sitzen. Würdest du sie bitte informieren? Ich kann dir nicht sagen, wie lange es noch dauert. Bisher ist die Suche ergebnislos verlaufen. Wir haben weder positive Neuigkeiten noch das Gegenteil.«

Hermine war sofort aufgefallen, dass er das Wort ›negativ‹ nicht benutzt hatte. Genauso, wie Stefan es tat. Im Geist hörte sie die Worte ihres Mannes: Wenn du es erst einmal ausgesprochen hast, ist der Weg zur Resignation nicht mehr weit. Sein Neffe hatte in diesem Dreivierteljahr viel von ihm gelernt.

»Ich werde zuerst im Krankenhaus anrufen. Wenn sie wissen, was Stefan hat, rufe ich dich zurück. Anna wird so lange warten müssen. Ich wünsche euch viel Glück, vor allem den Kindern. Du meine Güte, muss das schlimm sein für die Eltern, zwei Tage vor Weihnachten. Bis später, Luis. Pfiat di.«

Er steckte das Handy weg, zog die Handschuhe an, stellte den Kragen der Jacke auf. Markus, der Kollege von der Bergrettung kam auf ihn zu. Seine Miene verriet nichts Gutes.

»Ich musste die Suche abbrechen, es tut mir leid. Wir haben fast keine Sicht und zu wenig Leute. Um sicher zu sein, dass die Kinder nicht auf der Piste unter dem Schnee liegen, bräuchte ich 50 oder mehr Helfer. Der Abstand zwischen uns war zu groß. Wir könnten die beiden verfehlen, einen halben Meter an ihnen vorbeigehen. Das macht keinen Sinn.«

»Danke, Markus, du hilfst mir sehr. Ich vertraue deinem Urteil. Du bist derjenige, der mit solchen Situationen die größte Erfahrung hat. Was sollen wir jetzt unternehmen?«

»Ganz ehrlich? Wir sollten die Aktion für heute beenden. Wir haben nicht die geringste Ahnung vom Aufenthaltsort der Kinder. Vielleicht haben sie sich im Wald versteckt oder sind zu Fuß nach Hause gegangen. Alles ist möglich. Wir brauchen Karten, mehr Leute, bessere Sicht, Tageslicht und viel mehr Glück als bisher.«

»Ich verstehe. Im Prinzip sind wir machtlos. Es fehlt an allem.«

»Du bringst es auf den Punkt, Luis. Ich werde mich gleich bei meinem Einsatzleiter melden und mich nach seiner Meinung erkundigen. Vielleicht kann er uns ein paar Leute schicken. Mehr Material, einen Hubschrauber. Aber das wird erst morgen früh gehen, fürchte ich.«

Der junge Mannbarth bedankte sich noch einmal, klopfte jedem der Helfer, der an ihm vorbeikam, anerkennend auf die Schulter. Sie hatten ihr Bestes gegeben, sich über zwei Stunden lang durch eisige Kälte und hohen Schnee gekämpft. Er hatte Angst, Dorothee zu informieren. Bisher war sie erstaunlich ruhig geblieben. Sie wusste, wie es in den Bergen lief. Alle halfen so lange, bis es nicht mehr ging. Das musste er ihr jetzt klarmachen. Mit einem letzten Gedanken an Stefan betrat er den Gasthof.

»Darf ich kurz um eure Aufmerksamkeit bitten?«, sprach Luis. »Ist jeder Helfer wohlbehalten zurückgekehrt?« Er sah, wie sich die Anwesenden gegenseitig kontrollierten. Anscheinend war die Gruppe vollständig. »Es ist 22:40 Uhr. Seit über 6 Stunden ist es dunkel, genauso lange werden die Kinder vermisst. Unser größtes Problem ist, dass wir nicht wissen, wo sie hingegangen sind.« Er sah Dorothee tief in die Augen. Augenblicklich begann sie zu weinen. »Wir brechen die Suche für heute Abend ab. Unter den jetzigen Wetter- und Sichtbedingungen ist sie aussichtslos.«

»Und die Kinder? Was wird aus denen?«, meldete sich Ulli, die Wirtin zu Wort.

Luis wusste nicht, was er antworten sollte. Er war dankbar, dass sich Markus einschaltete.

»Ich hatte gerade die Einsatzleitung der Bergrettung am Telefon. Ich habe ihnen berichtet, was geschehen ist, was wir bisher unternommen haben. Da es sich weder um einen Lawinenabgang handelt noch um einen Absturz oder Ähnliches, muss die Zuständigkeit erst noch geklärt werden. Mein Chef versucht, das heute zu regeln.« Er blickte in die Runde. Auch Dorothee ließ er nicht aus. Nur Bertram, der in der äußersten Ecke der Gastwirtschaft allein am Tisch saß, blieb unbeachtet. Seine Tatenlosigkeit wurde von niemandem akzeptiert.

»Falls es die Situation zulässt«, führte Markus seine Erklärung fort, »werden sich morgen früh um 7:30 Uhr zwei komplette Trupps der Bergrettung hier versammeln. Außerdem wäre ein Hubschrauber möglich, der uns unterstützen könnte. Faktoren, auf die wir keinen Einfluss haben, werden das entscheiden.« Er gab ein Handzeichen, war fertig.

»Danke dir, Markus«, übernahm Luis. »Ihr habt es gehört. Wer in der Lage ist, zu helfen, ist morgen früh ab 7:30 Uhr mehr als willkommen. Ich möchte jedoch alle darauf hinweisen, dass der Wetterdienst nicht mit einer Besserung rechnet. Es bleibt bei 0 °C, starkem Schneefall und Wind bis 25 km/h aus östlicher Richtung.« De facto hatte er damit die Versammlung aufgelöst. Keiner machte Anstalten, zu gehen. Alle blickten ihn an, warteten auf eine weitere Information.

»Es tut mir leid, euch enttäuschen zu müssen. Ich weiß nicht, wie es um Stefans Gesundheitszustand steht. Er scheint kritisch zu sein. Aber genauso wie bei Mareen und Tommy wird niemand aufgeben. Ich glaube fest daran, dass wir alle ein glückliches und zufriedenes Weihnachtsfest feiern werden.«

»Amen«, ergänzte der Notarzt.

Mareen schlug die Augen auf. Es war dunkel, eine zitternde Kerzenflamme erhellte notdürftig den Raum. Mit Decken und Schaffellen auf einer Liege festgeklemmt, drehte sie ihren Kopf zur Seite. Neben ihr lag Thomas. Wie sie war auch er warm eingepackt. Sie sah seine blutverkrusteten Haare, ein Tuch, das auf seiner Stirn lag. Schweißperlen bedeckten sein Gesicht.

»Schlafe, kleines Mädchen«, sagte eine freundliche Frauenstimme mit ausländischem Dialekt. »Ich werde auf den Jungen aufpassen. Mach dir keine Sorgen, Schlaf weiter.«

Kapitel 3

Sein erster Weg von der Postalm aus führte Luis zum Haus seines Onkels. Statt Hermine öffnete ihm seine Freundin Anna Tanzberger, Revierinspektorin beim LKA Salzburg, die Tür.

Direkt nach Mines Anruf war sie zu ihr gefahren, um ihr beizustehen. Sie hatte Luis' Tante über ihren Dienst bei der Abtenauer Inspektion erzählt. Für sie war Stefan nicht bloß ein guter Chef, sondern auch Mentor und eine Art Ersatzvater geworden. Sie hatte ihn ins Herz geschlossen. Er hatte sie aufgefangen, als ihr leiblicher Vater, zu jener Zeit Salzburgs höchster Polizeibeamter, verwickelt in einen Korruptionsskandal, ermordet worden war.

Als sich Luis zu den Frauen ins Wohnzimmer gesetzt hatte, informierten sie ihn über das Neueste aus dem Krankenhaus. Stefans Gesundheitszustand hatte sich stabilisiert. Er lag auf der Intensivstation, der Grund für seinen Zusammenbruch war unbekannt. Der Arzt hatte Hermine erlaubt, ihren Mann morgen früh um neun zu besuchen. Bis dahin hoffte er, mehr über die Krankheitsursache herausgefunden zu haben. In all seinen Dienstjahren war Stefan nicht einen Tag krank gewesen. Keine Grippe, nicht einmal ein gebrochenes Bein hatte ihn zurückgehalten, arbeiten zu gehen. Er war Polizist mit Leib und Seele.

Schließlich kam die Sprache auf die vermissten Kinder. Luis berichtete von den zahlreichen Helfern, dem Ablauf der Suche. Schweren Herzens gab er zu, dass sie die Aktion ergebnislos abbrechen mussten. »Durch das Schneetreiben hatten wir kaum Sicht. Das Licht wurde so stark reflektiert, dass wir so gut wie blind waren. Außerdem hat der viele Schnee alle Spuren überdeckt.«

»Wie geht es der Mutter? Hat sie die Hoffnung schon aufgegeben?«, fragte Anna nach einer kurzen Pause.

»Wenn ich ehrlich bin, habe ich sie nicht danach gefragt. Zum ersten Mal seit Jahren fühle ich mich überfordert. Ich hatte großartige Unterstützung, Markus Galler von der Bergrettung hatte die Leitung übernommen. Ich habe keine Ahnung, wie eine Suche nach Vermissten organisiert wird. Ohne ihn wäre es ein Desaster geworden.«

»Denkst du, Stefan hätte das ohne Hilfe durchziehen können?«, munterte ihn Hermine auf. »Er konnte immer auf die besten Leute zählen. Ein Anruf und alle kamen.«

»Das habe ich selbst erlebt, Mine. Es ist beeindruckend, wie die Menschen hinter ihm stehen. Erst vorhin auf der Alm. Ohne ein Update über seinen Gesundheitszustand wollten sie nicht nach Hause gehen.«

Hermine traten die Tränen in die Augen. Anna nahm sie in den Arm.

Luis nippte an seinem Tee, wärmte sich die Hände an dem Becher. Er wechselte das Thema: »Dafür, dass ihre beiden Kinder vermisst werden, war Dorothee, die Mutter, sehr gefasst. Wenn sie geschrien oder verzweifelt um sich geschlagen hat, traf es stets ihren Freund. Er heißt Bertram Bruckner, ist ein schmieriger Typ. Ich mag ihn nicht und ich glaube, ich bin bei Weitem nicht der Einzige. Er ist ein Lügner, ändert mit jeder neuen Antwort seine Geschichte vom Ablauf des Nachmittags. Ich konnte ihm die Verletzung der Aufsichtspflicht nachweisen. Doch er beharrt darauf, sich um Mareen und Thomas gekümmert zu haben.« Er seufzte. »Ich werde viel Zeit damit verbringen müssen, Zeugen zu befragen, die sowohl ihn als auch die Kleinen gesehen haben. Wie sollen wir Weihnachten feiern, wenn wir sie bis dahin nicht gefunden haben?«

»Kann ich dir irgendwie helfen?«, wollte Anna wissen.

»Ich weiß nicht recht«, er überlegte kurz. Sein Gesicht erhellte sich. »Ja, sicher könntest du. Sehr sogar!« Er trank einen Schluck, schaute seiner Freundin tief in ihre wunderschönen blauen Augen. »Du müsstest dich bei deinem Chef erkundigen, ob du die Befragungen durchführen darfst. Falls ja, bitte ich dich, dir vor allem Bruckner vorzuknöpfen. Den kenne ich irgendwoher, kann mich jedoch bei dem Durcheinander nicht erinnern.«

»Weißt du, wie es der Mutter geht?«, fragte Hermine. »Hat sich ein Arzt um sie gekümmert?«

»Sie hat eine Spritze bekommen, ist mit ihrem Freund nach Hause gefahren.«

»Es ist schon 2 Uhr durch. Ihr beiden solltet euch hinlegen«, meinte Mine. »Ihr könnt im Gästezimmer übernachten. Stefan sagt immer, ohne Schlaf kann man nicht funktionieren.«

Eine einzelne Träne lief über ihr Gesicht.

Dorothee Gschwandner saß daheim in ihrer kleinen Wohnung in Golling, fand trotz Medikamente keine Ruhe. Die Leute hatten von ihr verlangt, dass sie sich beruhigte. Aber wie sollte das gehen? Mareen, ihr kleiner Liebling, und Tommy ihr großer Schatz waren verschwunden. Ob es Bertrams Schuld war oder nicht, würde sich herausstellen. An der momentanen Situation würde die Beantwortung der Frage nichts ändern.

Fieberhaft überlegte sie, was sie selbst unternehmen konnte. *Soll ich allein hochfahren und weitersuchen? Eine blöde Idee.* Doch blöde Ideen sind manchmal genau das, womit man sich aus einer beängstigenden Lage befreien kann. *Wenn ich mich selbst in Lebensgefahr bringe, helfe ich weder den Kindern noch dem Suchtrupp.* Sie fand einen anderen Weg.

Dorothee_Gschwandner > AbtenauerInnen
23. Dezember um 02:11 Uhr

Hallo alle zusammen, ich brauche Hilfe!!!!!
Mareen und Tommy sind gestern Nachmittag
nach dem Skifahren nicht mehr zurückgekommen.
Bis 22:45 Uhr haben Polizei, Bergrettung und
Freiwillige nach ihnen gesucht.
Hat jemand von euch die Kinder gesehen? Beim
Skifahren, in der Gastwirtschaft, oder in Abtenau?
Bitte informiert mich oder die Polizei!!!
Ich bin euch für jeden Hinweis sehr, sehr dankbar!!!

Die Suche kann erst wieder heute Morgen 7:30 Uhr aufgenommen werden. Vielleicht habt ihr ja vorher Neuigkeiten für mich. Danke! Dorothee.

Sie setzte sich ins Wohnzimmer, dachte an Mareen und Thomas. *Er wird schon auf sie aufpassen, nichts unversucht lassen sie zu retten. Er liebt seine Schwester. Und sie ihn.*

Nach wenigen Minuten war Doro im Sitzen eingeschlafen. Der Abend hatte ihr alles abverlangt, sie war ausgelaugt. Die Medikamente entfalteten ihre Wirkung.

Das leise ›Ping‹, das aus ihrem PC ertönte, als ein neuer Post auf ihrem Facebook-Account hereinkam, hörte sie nicht mehr. Die erste Antwort war eingetroffen:

Sophie412 hat deinen Beitrag auf AbtenauerInnen kommentiert. 23. Dezember um 02: 26 Uhr
> Mensch Doro, das sind deine zwei, die auf
> der Postalm vermisst werden? So ein Mist! Ich
> kann meine Katrin fragen, ob sie was gesehen hat.
> Sie war auch oben mit der ganzen Schulklasse.
> Ich melde mich, wenn sie wach ist.
> Sei stark, wir werden sie schon finden!

Hanna Ungerer hat deinen Beitrag auf AbtenauerInnen kommentiert. 23. Dezember um 02:28 Uhr
> Ich habe Martin geweckt, sie sind zusammen
> im Bus auf die Postalm gefahren. Er sagt, die beiden
> waren nur auf der Piste, nie im Gasthof. Er war im
> letzten Bus, sie waren nicht drin.
> Ich wünsche dir viel Kraft! Melde mich später.

Manuela Höll hat deinen Beitrag auf AbtenauerInnen kommentiert. 23. Dezember um 02:33 Uhr
> Ihr könnt also auch nicht schlafen. Schlimme Sache.
> Weiß jemand, wann die Suche wieder aufgenommen
> wird? Alles Gute, Doro!

Markus Galler hat deinen Beitrag auf AbtenauerInnen kommentiert. 23. Dezember um 02:35 Uhr
Bei Sonnenaufgang werden wir weitersuchen.
7:30 Uhr Treffen im Lienbachhof.
Wünscht uns Glück!

Luis setzte sich in seinen Dienstwagen, fuhr die Postalmstraße hinauf bis zur Alm. Der Schnee war geräumt, ohne Probleme erreichte er die Mautstelle. Ein riesiges Schild bedeckte die Tafel, auf der die Preise für die Durchfahrt angeschlagen waren. Er las:
»Auf Veranlassung des Bürgermeisters wird der Skibetrieb heute eingestellt. Wir bitten um Ihr Verständnis.«
Der Kloß im Hals war wieder da. Seine Augen wurden feucht, er begann leicht zu zittern. *Jetzt nur nicht durchdrehen,* sprach er sich Mut zu, *die wissen, was sie tun.*
Sandra Gwechenberger, die ihren Mann an der Mautkasse vertrat, bat den Polizisten, anzuhalten. »Griaß di, Luis. Ich lasse keinen durch, der oben nichts verloren hat. Bis zum großen Parkplatz ist die Straße frei. Der Lienbachhof ist seit 7:00 Uhr geöffnet. Du wirst dich wundern, was da los ist. Ich wünsche euch viel Glück.«
Er hatte keine Gelegenheit, sich zu bedanken. Sie war schon unterwegs, um die Schranke zu öffnen. Er beschleunigte den Wagen, wollte endlich mit der Suche beginnen.

Nach 10 Minuten hatte er den Treffpunkt erreicht. An die 50 Fahrzeuge standen dort, beinahe nur einheimische. Die Gaststätte war brechend voll.
Markus trat an ihn heran. »Griaß di, Luis. Ich habe gestern mit meinem Chef gesprochen. Unser Hubschrauber ist zur Inspektion, wird leider nicht abheben können. Er versucht es beim Christophorus, dem Rettungsverein. Die Firma Alpin-Heli ist in Zell am See stationiert.«

»Danke für deine Mühe, Markus. Hoffen wir, dass wir einen bekommen. Was sind das für Leute? So viele, obwohl die Lifte dicht sind. Kommen sie aus Strobl?«

»Nein, auf der Strobler Seite hängt ebenfalls eine Informationstafel. Das Personal dort schickt jeden zurück, der hier nichts zu suchen hat. So eine Hilfsbereitschaft habe ich noch nicht gesehen.«

»Ich auch nicht. Wer hat sie verständigt? Ist jemand von Tür zu Tür gegangen? Wie sollen wir sie koordinieren?«

»Ein Teil wird über Facebook von der Suchaktion gehört haben, die Mutter hat auf diesem Wege heute Nacht um Hilfe gebeten. Ich will dir nicht vorgreifen, Luis. Ein paar fähige Kollegen von mir sind dabei. Wir haben keine Ahnung von der Polizeiarbeit, aber hierin«, er zeigte auf die schneebedeckten Hänge, »kennen wir uns aus. Wenn du möchtest, übernehmen wir den Teil.«

Luis sah ihn lange an. Er wollte die Hilfe nicht ausschlagen, zu wertvoll war die Erfahrung der Profis. Dass Markus ihn vor dem Gebäude darauf angesprochen hatte, war überdies eine nette Geste. So behielt er weiterhin die Einsatzleitung, verlor das Gesicht nicht. Aber das war ihm eigentlich völlig egal.

»Ich danke dir, euch! Ich wüsste nicht, was ich ohne euch machen sollte. Was ist mit den Freiwilligen? Könnt ihr einige von ihnen gebrauchen?«

»So wie ich das von meinen Leuten begriffen habe, setzen wir alle ein. Jeder, der uns unterstützen will, ist willkommen. Das solltest du gleich zu Anfang deutlich machen. Ein paar glauben, sie werden nur im Weg stehen. Um nur eine Zahl zu nennen: Für den Abhang, den wir gestern abgesucht haben, brauchen wir an die 100 Mann. Die haben wir. Kollegen aus Hallein sind mit einem Reisebus gekommen.«

»Ich weiß nicht, ob ich das schaffe. Das ist mein erster Sucheinsatz.«

»Keine Angst, Luis, wir übernehmen die Koordination. Falls ich korrekt gezählt habe, sind wir inklusive des

Busses 160 Personen. Das ist gut, sehr gut. Wir bilden gleich große 3 Suchtrupps. Wenn du vor den Teilnehmern sprechen würdest? Du hast mehr Autorität als ich.«

Weitere Leute liefen an ihnen vorbei, grüßten, gingen in die Gastwirtschaft.

»Also noch mal, Luis, in drei Trupps aufteilen. Nummer eins nimmt die Gschlösslbahn und den Pfeifflift, Nummer zwei den Edtlift, Welserlift und den Skischullift. Den dritten schicken wir jeweils in Zweier- oder Dreiergruppen zu den verschiedenen Hütten und Unterständen. Vielleicht haben sich die Kinder in der Nacht irgendwo verstecken können. Das hoffe ich zumindest. Ich gehe jetzt rein, sage den Kollegen Bescheid.«

Luis atmete tief durch. Die kalte Luft des Morgens tat ihm gut. Es hatte nicht aufgehört, zu schneien. Über ein halber Meter war gefallen, schlecht für Mareen und Thomas. Er verbannte die schlimmsten Gedanken aus seinem Kopf.

Der junge Mannbarth betrat den großen Gastraum des Lienbachhofs, der hoffnungslos überfüllt war. Die meisten Menschen standen, blickten ihn, den Einsatzleiter der Aktion, erwartungsvoll an.

»Servus, Griaß enk. Ich weiß weder, woher ihr alle kommt noch, wie ihr die Information zum Verschwinden der beiden Kinder erhalten habt. Auf jeden Fall freue ich mich, dass ihr so zahlreich erschienen seid, um uns zu helfen. Weiß jemand genau, wie viele Personen anwesend sind?«

»151, dazu 4 Polizisten, Dorothee und Herr Bruckner«, antwortete ein Hüne von Mann. Er war der Älteste der Bergretter, seine weißen Haare wirkten wie ein Leuchtturm in der Brandung.

»Vielen Dank. Die Situation ist folgende.« Luis musste sich extrem zusammenreißen. Die Menschenmenge jagte ihm gehörige Angst ein. *Stefan wüsste, was zu tun ist, aber er ist nicht da.* Nun lastete die Verantwortung auf seinen

Schultern. »Markus Galler von der Bergrettung hat vorgeschlagen, euch in drei Gruppen einzuteilen. Zwei von 50 Personen, je eine für die Pisten links und rechts der Postalmstraße. Die übrigen 50 überprüfen alle möglichen Unterschlüpfe im Almgebiet. Hütten, Gastwirtschaften, sämtliche Nebengebäude, Fütterungsstellen und Hochsitze. Kontrolliert bitte, ob Fenster und Türen geschlossen sind. Achtet auf Spuren im Schnee.

Es ist 8:02 Uhr, die Sonne geht auf. Zeit, mit der Suche zu beginnen. Würden die Bergretter bitte die Einteilung vornehmen? Ihr könnt am besten einschätzen, wer für welche Aufgabe geeignet ist. Diejenigen, die nicht an den Hängen eingesetzt werden, melden sich bitte bei meinem Kollegen Thomas Neue. Er steht draußen am Polizeifahrzeug.«

Wenn ihn die pure Menge der Freiwilligen enormen Respekt eingeflößt hatte, war die Reaktion der Leute das Sahnehäubchen auf dem Apfelstrudel. Keiner rührte sich, stellte Fragen oder störte. Alle sahen ihn an. Eine Information fehlte.

»Stefan Mannbarth, unserem Inspektionsleiter, geht es besser. Er ist stabilisiert worden, liegt auf der Intensivstation. Ich werde euch auf dem Laufenden halten.«

Jetzt begann das Gemurmel. Die Leute wurden eingeteilt, ein geschäftiges Treiben erfüllte den Gasthof. Auf dem Parkplatz wies Revierinspektor Thomas Neue die restliche Truppe für die Suche in den äußeren Bereichen ein. Die Jäger machten sich mit ihren Schneemobilen auf den Weg, Ansitze, Futterstellen, mögliche Schutzbehausungen in ihren Jagdrevieren zu kontrollieren.

Nachdem die Menschenmenge das Lokal verlassen hatte, ging Luis zu dem Tisch, an dem die Mutter und ihr Freund auf ihn warteten.

»Servus. Wie geht es dir, Dorothee?«, fragte der Polizist. Bertram Bruckner ignorierte er. Mit ihm würde er ein

Einzelgespräch führen müssen.

»Ich habe solche Angst um meine Kleinen«, flüsterte sie, hielt die Hände vor das Gesicht. Sie zitterte.

Hoffentlich kommt der Notarzt bald. Ohne Beruhigungsmittel steht sie das nicht durch, bangte Luis, sagte: »Wir tun, was wir können, Doro. Du hast die Anteilnahme der Menschen gesehen. Mit so viel Hilfe habe ich nicht gerechnet. Sie kommen alle aus der näheren Umgebung. Die meisten sind mir unbekannt. Ich habe keinen blassen Schimmer, wie sie hierher gefunden haben.«

»Heute Morgen kurz nach zwei habe ich auf Facebook gepostet, wie's mir geht«, erklärte sie ihm. »Dass die Kinder weg sind, dass ich total fertig bin. Fünfzehn Minuten später war schon die erste Antwort da. Ich weiß nicht, warum die Leute nachts am Computer sitzen. Aber ich bin dankbar, dass ich nicht allein war.«

»Hast du schlafen können?«

»Ja, ein wenig, danke Luis. Die Angst hat mich auch im Traum nicht losgelassen.«

»Wir werden Mareen und Thomas finden, und zwar lebend. Ich gebe dir mein Wort darauf, obwohl ich das nicht tun sollte.«

Bruckner hob die Augenbrauen. Eine solche Aussage hatte er nicht erwartet. *Der Schantinger lehnt sich aber weit aus dem Fenster,* dachte er. *Das gibt's nicht, dass der sowas behauptet!* »Wieso sind Sie sicher, dass sie noch leben?«, fragte er.

»Zum Ersten, Herr Bruckner: Ginge ich vom Tod der Kinder aus, säße ich nicht hier. Zum Zweiten: Würde Dorothee das tun, wäre sie ebenfalls nicht hier. Das bringt mich zu Punkt drei: Wenn Sie überzeugt sind, dass sie umgekommen sind, weshalb sitzen Sie hier?«

»Hey, so war das nicht gemeint! Ich glaube schon noch daran. Ich wollte bloß wissen, wieso Sie so überzeugt sind?«

»Du solltest deine Klappe halten, Bertram!«, fuhr ihn Dorothee an. »Du redest genauso viel Bockmist, wie auf deinen Wahltouren. Glaubst du nicht daran, ist deine

Hoffnung weg! Und dann bist du hier fehl am Platz. Es war deine Schuld! Du hast nicht aufgepasst, hast dich nur um deinen eigenen Dreck gekümmert! Wenn du jetzt aufgibst, kannst du heute Abend deinen Koffer packen.«

»Aber…«

»Halt die Klappe!« Er gehorchte, verschränkte die Arme vor der Brust, zog sich in seine Ecke zurück. Jedes Wort, das er seit gestern Abend gesagt hatte, hatte sie auf die Goldwaage gelegt. Der Rausschmiss war keine leere Drohung.

»Das ist jetzt möglicherweise eine dumme Frage«, wandte sich Luis an Dorothee. »Man hört das oft. Hast du das Gefühl, dass es Mareen und Thomas gutgeht?

»Ja, ich fühle, es geht ihnen den Umständen entsprechend gut. Ich bin mir sicher. Tief in meinem Herzen ist diese Wärme, als ob die beiden in ihren Betten liegen würden und ich nebenan wäre. Ja, ich weiß, sie leben.«

Luis blickte über die Schulter. Jemand war hereingekommen. Er wollte wissen, ob einer der Helfer mit einer Nachricht zurückgekommen war.

Ein Paar, Anfang 50, betrat den Schankraum, setzte sich an einen Tisch, auf dem ein großer Aschenbecher mit der Aufschrift ›Stammtisch‹ stand. Die Frau las in der Tageskarte, der Mann schaute sich nach der Kellnerin um. Für den jungen Mannbarth eindeutig ein Zeichen, dass sie nicht zum Suchtrupp gehörten. Er entschuldigte sich bei Dorothee, stand auf, ging zu den Ankömmlingen hinüber.

»Guten Morgen«, begrüßte er sie, stellte sich mit Namen und Dienstgrad vor. »Darf ich fragen, was Sie hier tun? Die Gaststätte, die gesamte Alm ist heute für Touristen geschlossen. Wie sind Sie hinaufgekommen?«

»Guten Morgen«, grüßte der Mann zurück. Seine graublauen Augen lächelten, die Spannung seines trainierten Körpers zeigte Aufmerksamkeit. »Mein Name ist Steffen Hübner. Das ist meine Frau Kathrin. Wir sind hier im Urlaub, bewohnen eine Selbstversorgerhütte. Mit dem Lienbachhof ist vereinbart, dass wir hier morgens frühstücken. Wenn das für Sie, Herr Bezirksinspektor, ein Problem darstellt, werden wir selbstverständlich woanders einkehren.«

»Verstehe. Das brauchen Sie nicht, Herr Hübner. Solange Sie nicht in unsere Ermittlungen eingreifen oder diese erschweren, ist das kein Problem.«

»Darf ich fragen, worum es geht? Ich habe die vielen Menschen gesehen, Fahrzeuge von Polizei, Bergrettung und Notarzt.«

»Zwei Kinder werden seit gestern 16 Uhr vermisst. Wir haben von 19:30 Uhr bis 22:30 Uhr gesucht, ohne Ergebnis. Deshalb würde ich Sie bitten, nach dem Frühstück zurück in Ihre Hütte zu gehen.«

»Ah, deswegen kam die Autokolonne in Richtung Parkplatz gefahren. Wir haben hier im Hause zu Abend gegessen und sind gegen 19 Uhr in unsere Hütte gegangen. Es ist uns jedoch niemand aufgefallen. Wir haben weder Kinder noch jemand anderen gesehen.«

Luis horchte auf. *Ein weiterer Zeuge für Bruckners Verfehlung?* Dem musste er nachgehen.

»Haben Sie etwas dagegen, wenn ich mich zu Ihnen setze?«

»Nein. Möchten Sie einen Kaffee, ich bestelle einen für Sie mit.«

Frank Leitner telefonierte mit dem Hotelier Felix Enzinger. Obwohl sie beide allein in ihren Büros saßen, wirkte das Gespräch konspirativ. Beide flüsterten, hielten ihre Antworten so kurz wie möglich.

»Einverstanden, Frank. Du kannst mit mir rechnen. Du weißt aber auch, dass ein Gefallen einen Gegengefallen nach sich zieht. So einfach wirst du da nicht rauskommen.«

»Ach, lass das, Felix! Du brauchst mir nicht zu erklären, wie der Hase läuft.«

»Also gut. Von mir hast du grünes Licht.«

Leitner lehnte sich in seinem ledernen Bürostuhl zurück, konnte sich ein Grinsen nicht verkneifen. Würde seine Idee so in die Tat umgesetzt werden, wie er sich das vorstellte, wäre das der größte Coup seiner Karriere. Es würde aus Bertram einen Wahlsieger machen und ihm einen großen Schub auf der Karriereleiter geben.

Luis setzte sich zu dem Paar an den Tisch. Einen Kaffee wollte er nicht. »Sie waren gestern Abend hier? Gab es irgendetwas Auffälliges?«

»Mir ist der Herr dort hinten in der Ecke aufgefallen.« Hübner zeigte auf Bruckner. »Er saß mit zwei weiteren zusammen an einem Fenstertisch. Einer der drei, ein älterer gut gekleideter Mann Anfang 60, Backenbart, graues kurzes Haar, war kurz nach unserem Eintreffen aufgestanden. Er hat beide mit Handschlag verabschiedet, ist gegen 18:15 Uhr gegangen. Der zweite, ein blonder Mann im dunkelblauen Anzug, weißem Hemd und orangefarbener Krawatte war im gleichen Alter wie der Herr dort drüben. Er blieb mit ihm noch eine halbe Stunde sitzen. Der Gasthof hatte sich inzwischen gelehrt, die zwei und wir waren die letzten Gäste.«

»Sie haben die Leute gut beschrieben, Herr Hübner. Warum sind Sie auf sie aufmerksam geworden?«

»Es war sehr komisch. Obwohl sie beinahe allein in diesem ausgesprochen großen Gastraum saßen, steckten sie ihre Köpfe zusammen. Es sah aus wie im Film.«

Die Kellnerin kam, stellte ein deftiges Frühstück vor die beiden, Kaffee und Orangensaft auf den Tisch.

Luis hatte die Befragung noch nicht beendet. »Ihre Personenbeschreibung ist ungewöhnlich genau. Darf ich fragen, was Sie beruflich tun?«

Das Paar schaute sich an, Herr Hübner hatte den Mund voll Speckbrot. Seine Frau Kathrin antwortete für ihn mit rollenden Augen. Es passte anscheinend nicht in ihre Urlaubspläne. »Mein Mann ist Polizist. Zu beobachten, ist sein täglich Brot. Ich habe einen Großhandel, verkaufe

Accessoires für Haus und Garten, falls es Sie interessiert.«
Sie war schlank, sportlich-elegant gekleidet, hatte braune
Augen und dickes braunes halblanges Haar.

Hübner ergänzte: »Wir sind aus Deutschland. Meine
Dienststelle ist Dresden, Sachsen.«

Luis zog unwillkürlich die Augenbrauen zusammen.
Schon wieder Sachsen, ging ihm durch den Kopf. *Weshalb
kommen die alle nach Österreich auf die Postalm?*

»Und falls Sie mich fragen wollen, Herr
Bezirksinspektor, wir sind zum ersten Mal hier. Bekannte
von uns haben uns den Ort empfohlen.«

Der junge Mannbarth wurde abgelenkt. Von
irgendwoher ertönte Blasmusik. Er schaute sich um, sah
Bruckner nach seinem Handy greifen.

Der schaute auf das Display. »Unbekannt! Wer ist das
denn?«, murmelte er vor sich hin. »Ja, bitte. Bruckner?«

»Ich bin's, Frank. Sage kein Wort, hör einfach zu. Wir
werden die Angelegenheit zu deinen Gunsten drehen. Du
wirst so tun, als ob dich jemand angerufen hat, um dir
mitzuteilen, dass die beiden Kinder entführt wurden. Der
Entführer will 100.000 € von dir, alles wird geregelt. Um
15 Uhr melde ich mich noch einmal, um dir den
Übergabeort durchzugeben. Die Presse werde ich auch
informieren. Wenn die Geschichte hinter uns liegt, bist du
ganz sicher da, wo du hinwillst. Ich lege gleich auf. Du tust
so, als ob du wahnsinnig überrascht bist. Ab jetzt rufst du
mich nicht mehr an, auch privat nicht. Wir regeln das. Also
los! In 2 Stunden schicke ich die Presse zu dir.«

Das Gespräch war so schnell vorbei, dass Bruckners
Überraschung echt war. Dorothee hatte seinen
Gesichtsausdruck bemerkt.

»Was ist, Bertram? Hast du was von den Kindern
gehört?«

»Ja, ich glaube schon. Da war jemand am Telefon, der
hat gesagt, er will 100.000 €. Sonst sehe ich die Kinder nie
wieder.« Bruckner spielte seine Rolle gut. Leitner hatte ihn
klar instruiert. Er sah erst seine Freundin an, dann in

Richtung Luis Mannbarth.

Dem war klar, dass der Anruf mit den Kindern zu tun hatte. »Sie entschuldigen mich bitte, Frau und Herr Hübner.« Er rannte zu Dorothees Tisch hinüber. »Was ist, Herr Bruckner? Sie sehen aus, als hätten Sie einen Geist gesehen.«

»Ich glaube, das habe ich. Da war jemand am Telefon, der mir gesagt hat, dass die beiden Kinder in seiner Gewalt sind. Er will 100.000 €, sonst sind sie tot.«

Die anfängliche Überraschung im Gesicht der Mutter wurde von unbändiger Wut verdrängt. Mit beiden Fäusten bearbeitete sie Bertram, belegte ihn mit allen Flüchen, die ihr einfielen.

»Du Mistkerl, du Drecksack! Mit deiner Scheißparteiarbeit hast du die Kinder in Gefahr gebracht! Wie konntest du sowas tun?«

»Ich kann doch nichts dafür! Ich bin doch gar nicht schuld daran. Ich bin auch ein Opfer.« Er wehrte sich nicht, hielt die Arme vor das Gesicht.

»Und woher sollen wir so viel Geld nehmen? Wir haben doch kaum welches. Meine armen Kleinen!« Sie ließ von ihrem Freund ab, weinte hemmungslos.

»Doro, bitte, wir werden eine Lösung finden«, beruhigte sie Luis. Ihren Freund bedachte er mit ärgerlichen Blicken. Er glaubte ihm kein Wort. »Darf ich Ihr Handy sehen?«

Bruckner nickte, entsperrte das Gerät, reichte es ihm. Mannbarth überprüfte die Verbindungsdaten.

Dorothee wurde abermals von ihrer Wut übermannt. »Wegen deiner scheinheiligen Partei, deinen blöden, irrwitzigen Überzeugungen sind die Kinder entführt worden! Wenn ihnen auch nur ein Haar gekrümmt wird, bin ich nicht mehr zu halten! Niemand, nicht einmal dein Kumpan kann dich vor mir schützen! Da kannst du Gift drauf nehmen!«

Luis händigte ihm das Mobiltelefon aus. »Sie werden das Gespräch nicht löschen, Herr Bruckner! Es ist ein Beweisstück. Ich gebe Ihnen das Handy nur, weil sich der

Entführer noch einmal melden könnte. Beim nächsten Anruf informieren Sie mich sofort! Das heißt, noch bevor Sie ihn annehmen. Ist das klar?«

Bruckner antwortete nicht. Er nickte heftig. Er hatte verstanden.

Mannbarth lief wortlos nach draußen auf die Terrasse.

Die endlosen Vorwürfe der Mutter zerrten an seinen Nerven. Er zog sein eigenes Telefon aus der Tasche, drückte die Kurzwahltaste für seine Freundin Anna. Sie als Ermittlerin beim LKA würde wissen, was die nächsten Schritte wären. Sie meldete sich sofort.

»Habt ihr sie gefunden, Luis?«

»Nein, bisher noch nicht. 150 Leute beteiligen sich an der Suchaktion. Aber soeben hat sich eine neue Situation ergeben. Bertram Bruckner – du weißt schon, der Mann, den ich dir gestern beschrieben habe –, hat vor drei Minuten einen Anruf erhalten. Angeblich von einem Entführer. Er soll für das Wohl der Kinder 100.000 € bezahlen. Tut er das nicht, werden sie sterben.«

Seine Freundin blieb mucksmäuschenstill, leitete in Gedanken Ermittlungen ein.

»Bist du noch da?«, erkundigte er sich.

»Ja sicher, ich bin nur sehr überrascht. Wenn es eine Entführung ist, weshalb meldet sich der Entführer erst jetzt?«

»Keine Ahnung. Ich war einige Meter entfernt, als der Anruf kam. Ich habe nicht mitgehört, das Gespräch wurde mit unterdrückter Nummer geführt. Ich würde gern wissen, was ihr in einem solchen Fall unternehmt. Ich glaube, ich bin überfordert.«

»Nein, bist du nicht, Luis. Außerdem helfe ich dir. Wir machen das schon. Ich habe gerade die Schranke passiert. Der Chef hat mir drei Tage Urlaub zugestanden, ich habe ihm den Grund genannt. Wenn wir Hilfe brauchen, kann ich ihn anrufen. Hast du das Handy?«

»Nein, ich habe es Bruckner zurückgegeben. Falls sich

der Erpresser noch einmal melden sollte, will ich nicht, dass jemand anderes das Gespräch annimmt.«

»Gut, Liebster. Ich werde jetzt ein, zwei Telefonate führen. Wir sehen uns in einer Viertelstunde.«

Dorothee schien sich beruhigt zu haben, unterhielt sich mit ihrem Freund in normalem Ton. Der Stress, die Verzweiflung waren ihr anzusehen. Ihre Hände lagen flach auf dem Tisch.

Luis ging zum Tisch der beiden Sachsen. »Es tut mir leid, dass ich so schnell aufstehen musste. Die Situation scheint außer Kontrolle zu geraten. Bitte nur ganz kurz. Bertram Bruckner, den Mann, den Sie eben beschrieben haben, der dort sitzt. Hat er gestern Abend die Gastwirtschaft zwischendurch verlassen?«

»Nein«, antwortete Steffen Hübner bestimmt, »nicht während unserer Anwesenheit.«

»Nicht mal für ein paar Minuten? «

»Nein, er saß die ganze Zeit über mit dem anderen Herrn an dem Tisch dort drüben, drei neben dem, an dem er jetzt sitzt.«

»Danke, das hilft mir! Ich wünsche Ihnen weiterhin einen schönen Urlaub.«

Kathrin Hübner grüßte mit einer Handbewegung, ihr Mann erwiderte: »Aber gern.«

Luis kehrte zu Dorothee Gschwandner und Bertram Bruckner zurück.

»In wenigen Minuten ist jemand vom Landeskriminalamt hier. Sie werden Ihre Aussage wiederholen müssen, Herr Bruckner. Ich bitte Sie, so genau wie möglich zu berichten, was der Entführer gesagt hat. Das Leben der Kinder könnte davon abhängen.«

»Kein Problem, Herr Inspektor.«

Mareen öffnete die Augen. Der riesige Deckenberg über ihr war um die Hälfte geschrumpft. Ihre Arme lagen obenauf. Ihr erster Gedanke galt Thomas. Die Erinnerung an das blutverschmierte Gesicht, die verklebten Haare und dem Schweißtuch auf der Stirn hatte sie im Traum begleitet.

Sie blickte zur Seite. Ihr Bruder ruhte ruhig und gleichmäßig atmend neben ihr auf einer Art Liege. Das Blut und das feuchte Tuch auf seiner Stirn waren verschwunden. Es schien ihm besser zu gehen. Sie vernahm die freundliche Stimme.

»Da ist sie ja endlich wach, die Kleine.« Eine Frau kam in ihr Blickfeld. Braune Augen in einem ovalen Gesicht schauten sie liebevoll an. Langes dickes graues Haar lugte aus einer Art Kapuze hervor. Bei jedem Atemzug verließen feuchte Wölkchen ihren Mund.

Mareen versuchte aufzustehen. Mit aller verbliebenen Kraft stemmte sie sich hoch, schob die wärmenden Felle von sich weg. Sofort griff die Frau ein.

»Nein, meine Kleine, du musst unter der Decke bleiben. Es ist viel zu kalt und du bist noch schwach. Bleib bitte liegen. Willst du etwas trinken?«

Das Mädchen antwortete nicht. Sie kannte die Frau nicht. Und sie durfte nicht mit Fremden reden. Schließlich siegte ihr Durst. »Hast du Tee?«, fragte sie zaghaft.

»Nein, meine Kleine. Ich habe Wasser. Willst du einen Schluck?«

Mareen nickte. Irgendetwas musste sie trinken. Wenn schon keinen Tee, dann eben Wasser.

»Wie geht es Tommy? Meinem Bruder?«

»Er ist dein Bruder? Ich verstehe. Es geht ihm besser. Er ist krank, aber er wird schon wieder.«

»Was hat er denn?«

»Er ist schwer gestürzt. Wenn du ihn nicht gewärmt hättest, hätte es schlimm ausgehen können.«

Tränen liefen Mareen über die rosigen Wangen. Dass es Tommy gutging, befreite sie von ihrer großen Last. Wer anders sollte sich um ihn kümmern, wenn nicht sie. Er war, solange sie denken konnte, für sie da gewesen. Ihr

Schutzengel, die Konstante in ihrem Leben, als sich ihre Eltern getrennt hatten. Jetzt hatte sie ihm zum ersten Mal etwas zurückgeben können.

»Warum ist es hier so kalt?«, wollte sie wissen.

»Weil wir keine Heizung haben«, antwortete die Frau mit einem freundlichen Lächeln. »Wir heizen heute Abend wieder, jetzt ist es zu gefährlich.«

»Warum ist es gefährlich zu heizen? Unsere Wohnung ist immer warm.«

»Dann habt ihr bestimmt ein schönes Zuhause. Immer warm, heißt immer bereit, Freunde zu empfangen. Kälte ist nicht gut. Kälte tut weh. Sagst du mir deinen Namen?«

Sie hat sich um Tommy gekümmert, hat ihm Decken übergelegt. Dabei scheint sie selbst sehr zu frieren. Mareen überlegte, was sie tun sollte. *Die Frau ist nett, sie macht keinen bösen Eindruck. Nicht wie die Hexe mit dem Apfel in den Märchen. Nein, eher wie eine liebe Fee. Sie hat uns aus dem Schnee befreit.*

»Ich bin Mareen«, flüsterte sie, nicht sicher, ob das richtig war.

»Ich heiße Amana«, erwiderte die Frau. »Schön dich kennenzulernen, Mareen.« Sie reichte ihr die Hand.

Die Kleine ergriff sie, wollte antworten. Da ertönte aus dem Hintergrund eine tiefe Stimme in einer Sprache, die sie nicht verstand. Sie klang unfreundlich. Instinktiv duckte sich Mareen, verkroch sich in dem Berg aus Decken.

»Ich habe dir gesagt, du sollst Deutsch reden. Du machst den Kindern Angst!«, reagierte Amana. Sie wandte sich dem Mädchen zu, hielt ihre Hand ein bisschen fester.

»Du brauchst keine Angst zu haben, Mareen. Er ist ein alter Brummbär, der nicht anders kann.« Sie lachte. Ihre makellosen weißen Zähne wurden sichtbar. Die Frau drehte sich um, redete in derselben fremden Sprache in den Raum hinein.

Aus der Dunkelheit erschien ein furchteinflößender Mann. Das flackernde Licht einer einzelnen Kerze warf bizarre Schatten in sein bärtiges Gesicht. Wäre die nette Frau nicht, hätte Mareen vor Furcht aufgeschrieen.

Der Mann kniete sich mühselig neben ihr Bett. »Es tut mir leid, wenn ich dich erschreckt habe, kleines Mädchen. Das war nicht meine Absicht«, sagte er in einwandfreiem Deutsch. »Auch für uns ist es schwer in der Kälte, ohne warmes Wasser. Ich wünschte, ich könnte deinem Bruder besser helfen. Es geht ihm nicht gut, weißt du.«

Mareen erschrak. »Aber ... aber ... Amana hat gesagt, Tommy geht es besser. Ist das gar nicht wahr? Was hat er denn, warum redet er nicht mit mir?«

»Keine Angst, es geht ihm besser als zu Anfang. Er hat eine Gehirnerschütterung und sein rechtes Bein hat was abbekommen. Es ist nicht gebrochen, aber in Ordnung ist es auch nicht.«

»Was ist eine Gehirnschüttelung?« Mareen war wie immer neugierig.

Ihr Versprecher ließ ein Lächeln über das Gesicht des Mannes huschen. »Dein Bruder ist tief gefallen, mit seinem Kopf auf ein großes Stück Holz.«

Er schaute Amana an. Sie bedeutete ihm, die Wahrheit zu sagen.

»Weißt du, was in deinem Kopf ist, womit du denkst, das ist dein Gehirn. Das von Tommy hat die Erschütterung nicht gut überstanden. Manchmal, wenn du dich irgendwo anstößt, entsteht eine Beule, eine Schwellung. Genau das ist bei ihm im Kopf passiert. Er wird es überstehen, aber er braucht Ruhe. Wenn er jetzt versucht, aufzustehen, kann es schlimm enden. Deshalb haben wir ihn warm zugedeckt, gegen das Fieber ein feuchtes Tuch aufgelegt. Hast du das verstanden?«

Na klar habe ich das verstanden, ich bin ja kein Baby mehr, dachte Mareen, traute sich jedoch nicht, zu antworten. Sie nickte.

»Das ist erst einmal genug, meine Kleine«, sagte Amana. »Du musst dich ausruhen. Heute Abend, wenn es dunkel ist, werden wir ein Feuer machen und einen warmen Tee für euch kochen. Bis dahin solltest du liegen bleiben.«

Ja, warmer Tee mit Honig, war Mareens letzter Gedanke,

bevor sie einschlief.

Kapitel 4

Anna rannte auf Luis zu, der vor dem Eingang des Lienbachhofs auf sie wartete. *Sie sieht wie immer umwerfend aus mit ihrer tollen Figur und ihren blonden langen Haaren,* schwärmte er innerlich. Auch wenn es unprofessionell war, zuerst musste er sie umarmen.

»Was hat dein Chef gesagt? Hast du wirklich Urlaub bekommen oder ihn dir einfach genommen?« Er strahlte. Ihre Hilfe war ein Glücksfall für ihn.

»Oberst Hämmerle hat ihn mir genehmigt. Er war zwar nicht begeistert, dass ich ihn verwende, um zu arbeiten, hat jedoch Verständnis für die besondere Situation.«

»Er ist schon großartig. Zur Sache. Wie ich dir erzählt habe, könnte aus dem Vermissten- ein Entführungsfall geworden sein. Allerdings«, Luis kratzte sich am Kopf, »glaube ich nicht recht daran.« Er wehrte mit einer Geste ihren Einspruch ab. »Es ist nur ein Gefühl. Ich weiß nicht warum, aber diesen Kerl, Bertram Bruckner, traue ich alles zu.«

»Du musst die Sache mit der Entführung ernst nehmen, trotz deiner Zweifel. Gibt es denn Indizien gegen ihn?«

»Nicht wirklich. Es ist die Gesamtsituation. Die Widersprüche zwischen seiner und der Befragung der Kellnerin. Vorhin habe ich durch Zufall ein Paar kennengelernt, die Hübners, die dort am Fenster sitzen. Er ist Polizist, was er genau tut, habe ich nicht gefragt. Seine Beschreibung war äußerst detailliert. Er hat die Aussage der Bedienung bestätigt. Während die beiden im Lokal saßen, soll Bruckner nicht ein einziges Mal den Raum verlassen haben. Demnach hat er sich überhaupt nicht um Mareen und Thomas gekümmert. Das bestreitet er jedoch.

Die Kinder können weggelaufen sein oder sich verirrt haben. Alles ist möglich. Natürlich könnte daraus eine Entführung entstanden sein. Aber zu welchem Zweck? Der Kerl ist arbeitslos, hat nichts und wenn ich mich nicht sehr täusche, wird er auch nie etwas haben.«

»Deine Einschätzung kommt einer Vorverurteilung nahe. Du solltest mehr Distanz wahren, Luis. Mit wem soll ich zuerst sprechen? Mit der Mutter, Bruckner oder dem Paar?«

»Vielleicht mit dem Paar. Bruckner wird noch länger hierbleiben, die beiden gehen nach dem Frühstück zurück in ihre Unterkunft.«

»Bisher kenne ich lediglich deine Geschichte. Wenn ich wirklich helfen soll, brauche ich Infos aus erster Hand.« Anna lächelte ihn an. Sie wusste, was sie zu tun hatte. Zielstrebig ging sie zum Tisch der Hübners.

»Guten Morgen, Frau und Herr Hübner. Ich bin Revierinspektorin Anna Tanzberger vom LKA Salzburg. Entschuldigen Sie bitte, dass ich Sie störe. Kollege Mannbarth hat bereits mit Ihnen gesprochen. Falls es Ihnen nichts ausmacht, würde ich es gern von Ihnen hören. Er sagte mir, dass Sie Polizist sind, Herr Hübner. Ihre Beobachtungen könnten sehr wertvoll für uns sein.«

»Sehr gern, Frau Tanzberger. Wir möchten jedoch zuvor zu Ende frühstücken. Es sei denn, Sie haben etwas dagegen. Wir haben Urlaub, wollen uns die Zeit nehmen.«

»Um die ich Sie ebenfalls bitten wollte«, antwortete Anna lächelnd. »Ich will zuerst mit der Mutter der Kinder und ihrem Freund sprechen. Ich komme zu Ihnen, sobald Sie fertig sind. Guten Appetit.«

Sie gab Luis ein Zeichen, dass er sie zu Bruckners Tisch begleiten sollte.

»Darf ich vorstellen? Das ist Revierinspektorin Anna Tanzberger vom LKA Salzburg. Die geänderte Situation erfordert die Mitarbeit von Kriminalisten.«

»Guten Morgen.« Anna begrüßte beide mit Handschlag. »Wenn ich es richtig behalten habe, sind Sie Frau Dorothee Gschwandner, die Mutter der vermissten Geschwister. Wann haben Sie sie zum letzten Mal gesehen?«

Bruckner wollte dazwischenreden. Die Ermittlerin hielt

ihm die aufgerichtete flache Hand entgegen. Sie brauchte nichts zu sagen, ihn nicht einmal anzuschauen. Er wusste, er hatte still zu sein.

»Ja, ich bin die Mutter von Mareen und Thomas. Sieben und elf Jahre alt«, schluchzte Doro. Ihre Augen waren verquollen, sie zitterte. »Gestern Mittag um 12 Uhr hat meine Schicht begonnen. Ich arbeite als Servicekraft in einem Hotel in Gosau. Die Kleinen sind mit Bertram, meinem Freund, zum Schilaufen hierhergefahren. Das letzte Mal gesehen habe ich sie um drei viertel zwölf. Sie sind nun schon beinahe einen ganzen Tag weg. Bitte, bitte helfen Sie mir!«

Anna berührte Dorothee sanft an der Schulter. »Frau Gschwandner, wir tun alles, was in unserer Macht steht. Versuchen Sie bitte, sich ein wenig zu beruhigen. Vielleicht gehen Sie nachher für einen Moment an die frische Luft.«

Sie wandte sich an den Mann neben ihr. »Herr Bertram Bruckner? Ist das richtig?«

»Ja, das ist mein Name. Ich bin Dorothees Freund. Ich habe die Kinder gestern am späten Nachmittag zum letzten Mal gesehen. Das habe ich auch Ihrem Kollegen erzählt.«

»Ich weiß, Herr Bruckner. Nur leider weicht Ihre Aussage von denen einiger Zeugen ab. Sagen Sie mir bitte noch einmal, zu welcher Uhrzeit Sie Mareen und Thomas zuletzt gesehen haben. Und was Sie unternommen haben, um die beiden zu finden.«

Bertram schaute die Polizistin mit offenem Mund an, empfand die Frage trotz ihres freundlichen Tons als Angriff. Er atmete tief ein, um ihr aggressiv zu antworten.

In dem Moment fügte sie hinzu: »Und bitte nur ganz kurz, in Stichworten. Wir können uns später ausgiebig unterhalten.« Damit nahm sie ihm den Wind aus den Segeln. Sie hatte ihn aus der Reserve locken wollen, was ihr anscheinend gelungen war.

»Ich … ich weiß nicht, was ich sagen soll. Ich finde Ihre Art reichlich unverschämt, Frau Inspektorin.«

»Mag sein, dass Sie meine konkrete Frage stört, Herr Bruckner. Ich kann allerdings keine Rücksicht auf Ihre persönlichen Gefühle nehmen. Zwei Kinder werden vermisst. Also bitte, wann und wo haben Sie Mareen und Thomas das letzte Mal gesehen und was haben Sie getan, als Ihnen klar war, dass sie verschwunden sind?«

»Seit 13:30 Uhr waren wir auf der Alm, gegen 15 Uhr und 17:30 Uhr waren sie beim Eingang, das heißt, zweimal. Ich bin hingegangen. Beim letzten Mal habe ich darum gebeten, dass sie pünktlich um 18 Uhr am Auto sein sollen. Das habe ich so Ihrem Kollegen gesagt.«

»Aber du hast doch gesagt, dass du seit fünf Uhr nach ihnen gesucht hast?«, mischte sich Dorothee erregt ein.

Die Unstimmigkeiten waren auch Anna aufgefallen. *Die Kinder können nicht um 17:30 Uhr am Lienbachhof gewesen sein, wenn er sie ab 17 Uhr gesucht hat,* stellte sie in Gedanken fest. *Genauso wenig kann er ihnen aufgetragen haben, sich 18 Uhr am Auto einzufinden.*

»Ja, du hast recht, Doro, es war 17, nicht 18 Uhr. Ich habe mich vertan. Dieser blöde Anruf eben hat mich total aus dem Konzept gebracht.«

Klatsch. Wieder hatte Doro ihm eine Ohrfeige verpasst. Luis reagierte augenblicklich. Er hielt ihr die Arme fest, zog sie behutsam zu einem anderen Tisch. So konnte er eine weitere Attacke verhindern.

Anna überging den Angriff. »Was ist denn nun richtig, Herr Bruckner, 18 oder 19 Uhr?«, testete sie ihn. »Wann haben Sie wo begonnen zu suchen?«

Bertram fühlte sich nicht sicher vor seiner Freundin. Ständig schaute er zum Nebentisch in ihr zorniges Gesicht. Trotzdem hatte er zugehört. »Wieso 19 Uhr? Um sieben habe ich bereits Doro informiert. Bis dahin hatte ich schon 2 Stunden lang gesucht. Den ganzen Hang bin ich abgegangen.« Er beschrieb mit der rechten Hand einen großen Bogen, als ob er über sämtliche Berge gelaufen wäre. »Ich war zutiefst erschüttert, weil ich sie nicht gefunden habe. Seit dem Anruf vor einer halben Stunde weiß ich auch, warum. Die Kinder sind entführt worden. Und Sie vergeuden wertvolle Zeit damit, meine Aussage in Zweifel zu ziehen! Wenn sie Ihnen nicht gefällt, ist das Ihr Problem. Ich habe mir nichts vorzuwerfen!«

Wie ein trotziges Kind, ging es Anna durch den Kopf. *Fehlt nur noch, dass er sich auf den Boden schmeißt und schreit.*

»Dennoch müssen wir Ihren Tagesablauf rekonstruieren, Herr Bruckner«, erwiderte sie ruhig. »Vielleicht kann er uns einen Hinweis auf eine mögliche Entführung geben. Sie sind also nach Sonnenuntergang auf die Piste gegangen, um nach Mareen und Thomas zu schauen? Können Sie mir sagen, wann Sie zurück waren?«

»Es war 18:30 Uhr, ziemlich genau. Warum muss ich das immer und immer wieder erzählen? Hat man Ihnen noch nichts von dem Telefonat gesagt? Davon, dass mich ein Entführer kontaktiert hat? Sie glauben mir wohl nicht?«

Nun hat er sich das dritte Mal vertan, registrierte Anna. *Er kann maximal anderthalb Stunden gesucht haben.* Sie entgegnete: »Herr Bruckner, natürlich glaube ich Ihnen. Warum sollte ich an Ihrer Aussage zweifeln? Denken Sie, es gibt einen Grund dafür?«

Er fühlte sich von Minute zu Minute unwohler. *Die Polizistin treibt mich vor sich her. Ich muss die Befragung beenden, jetzt gleich!*

»Ich möchte mit Ihrem Vorgesetzten sprechen, Frau Tanzberger! Holen Sie ihn ans Telefon, sofort! Mit Ihnen will ich nicht mehr reden.« Wieder verschränkte er die Arme vor der Brust. Zusätzlich hob er das Kinn, starrte mit gespielt teilnahmsloser Miene an die holzvertäfelte Zimmerdecke.

Anna stand auf, lief zum Eingang.

Dort rief sie Hämmerle an. »Herr Oberst, es tut mir leid, Sie zu stören, aber ich habe ein Problem mit einem der Zeugen. Oder Verdächtigen, wie man es nimmt.«

In wenigen Sätzen beschrieb sie ihm die Situation. Natürlich konnte er nicht eingreifen. Sie hatte um Urlaub gebeten, nicht um einen Fall, der ihm vorlag. Gegen ein Telefonat mit dem Mann hatte er jedoch nichts einzuwenden.

Zurück am Tisch reichte sie Bruckner ihr Mobiltelefon.

»Oberst Hämmerle, LKA Salzburg«, identifizierte sich ihr Chef. »Ich habe gehört, Sie wollen mich sprechen, Herr Bruckner?«

»Das stimmt, Herr Oberst. Ich möchte mich über Ihre Kollegin beschweren. Sie versucht, mich in Widersprüche zu verwickeln, wo keine sind. Außerdem hat sie mir noch keine einzige Frage über das Telefonat mit dem Entführer gestellt. Ist das in Ihrer Dienststelle so üblich?«

In Gedanken malte sich Anna aus, wie Hämmerle im Büro auf und ab ging. *Er wird eine Zigarette brauchen, um sich zu beruhigen. Aber er wird sich von dem Wichtigtuer nicht ins Bockshorn jagen lassen.*

»Herr Bruckner, hören Sie mir bitte aufmerksam zu. Im Gegensatz zu meinen Mitarbeitern wiederhole ich mich nicht. Ab sofort arbeiten Sie mit den Kollegen zusammen. Sollte sich herausstellen, dass Sie wissentlich falsch ausgesagt haben, lasse ich Sie postwendend wegen Behinderung der Justiz dem Haftrichter vorführen. Höre ich von Kollegin Tanzberger noch ein Wort über eine Weigerung Ihrerseits, hole ich Sie persönlich ab. Haben Sie das verstanden, Herr Bruckner?«

Dass sie mit ihrer Vermutung richtiglag, sah sie an Bertrams Reaktion.

Seine Augen wurden immer größer. »Jawohl ... Herr ... Oberst«, stammelte er. Nachdem der Leiter des LKA aufgelegt hatte, gab Bruckner ihr das Handy zurück.

»Erzählen Sie mir bitte, wie das Telefonat verlaufen ist«, setzte sie die Befragung fort.

»Ihr Chef hat mir gesagt, ich soll kooperieren. Sonst...« Er senkte den Kopf.

Anna verdrehte die Augen. So einem wie ihm war sie lange nicht begegnet.

»Ihr Telefongespräch mit dem Entführer, Herr Bruckner. Und zwar ausführlich.«

Er schilderte es in allen Einzelheiten. Das deckte sich mit dem, was Luis ihr berichtet hatte. Genau wie ihren Freund überkamen sie Zweifel an der Richtigkeit der Aussage. Zu glatt war die Beschreibung, er hatte ganze Sätze wortwörtlich wiederholt.

Luis informierte sie, dass das Paar aus Deutschland zu Ende gefrühstückt hatte.

Sie beendete vorerst Bruckners Befragung, ging zu den Hübners hinüber.

»Setzen Sie sich bitte«, forderte sie Steffen Hübner auf, wies auf den Platz ihm gegenüber.

»Darf ich fragen, wo Sie nächtigen?«

»In der Postalm Lodge, direkt neben dem Lienbachhof. Sehr praktisch, heimelig und sauber. Was kann ich für Sie tun, Frau Tanzberger? Geht es noch immer um den Herrn, bei dem Sie gerade waren? Ich habe Ihrem Kollegen unsere Beobachtungen mitgeteilt.«

»Darüber hat mich Herr Mannbarth informiert. Ich wollte wissen, welche Besucher bei ihm waren. Ob sie Ihnen bekannt sind. Gab es Ungewöhnliches?«

»Frau Tanzberger, auch das habe ich ausgesagt.«

Sie versuchte es auf einem anderen Weg, hielt den Blickkontakt mit ihm.

»Sie sind Polizist, Herr Hübner, wissen am besten, wie es läuft. Kommt ein neuer Kollege, geht die Befragung von vorn los.« Sie lächelte, um das Ausgesprochene abzumildern.

»Ist gut, Frau Kollegin, aber bitte schnell. Ich habe Urlaub und den wollte ich auf der Alm verbringen, um Situationen wie dieser zu entgehen. Erst höre ich, dass voriges Jahr mehrere Morde auf der Postalm geschehen sind. Dann der Trubel um den Kerl da. Worum geht es denn?«

»Es geht um Ihre Beobachtung, Herr Hübner. Können

wir das bitte zuerst abhandeln?«

Er resignierte im Wissen, dass er aus der Sache nicht herauskam. Dass die Polizistin auf seine Frage nicht eingegangen war, hatte System. Eines, das er selbst anwandte, falls nötig. Er bestellte neuen Kaffee für seine Frau und sich, einen Tee für Anna. Sie hatte seine Einladung dankend angenommen.

Sachlich, ohne Schnörkel, berichtete er, was vorgefallen war. Das Gespräch der besagten drei Herren stufte er als konspirativ ein. Wie Geschäftsleute, die einen großen Deal abschließen. Bruckner hatte den Raum bis 19 Uhr nicht verlassen. Die Polizei war erst aufgetaucht, nachdem er und seine Frau in ihre Unterkunft zurückgekehrt waren.

»Ich hoffe, das reicht Ihnen, Frau Tanzberger. Die Personen habe ich Ihrem Kollegen beschrieben. Daran wird sich nichts ändern. Weder Kathrin noch ich kennen die drei. War es das?«

»Ich denke schon, Herr Hübner, vielen Dank. Ich hoffe, Sie nicht ein weiteres Mal in Ihrem Urlaub stören zu müssen.«

Sie wollte aufstehen, bemerkte, dass Hübner eine Frage stellen wollte. »Ja bitte?«

»Was hat die Suche nach den vermissten Kindern mit dem Mann dort drüben zu tun?«

»Er ist der neue Freund der Mutter, sozusagen der Stiefvater. Er hat ausgesagt, dass die Geschwister nicht wie vereinbart 17 Uhr an seinem Auto waren. Von diesem Zeitpunkt an habe er sie gesucht, bis er 19 Uhr Frau Gschwandner, die Mutter der beiden, angerufen hat.«

»Könnten sich die Kinder verirrt haben?«, fragte Kathrin. Ihrem Mann schien es nicht zu behagen, dass sie sich in das Gespräch einbrachte.

»Das ist eine Möglichkeit, Frau Hübner. Seit gestern Nachmittag schneit es ununterbrochen. Über 60 cm sind gefallen. Sollten Mareen und Thomas unter den Schneemassen begraben sein, ist die Chance, sie lebend aufzufinden, gering.«

Steffen Hübner war nicht entgangen, dass Anna von ›einer Möglichkeit‹ sprach. Das bedeutete, es gab eine andere Spur. »Und was steckt wirklich dahinter, Frau Tanzberger?«

»Tja, wie soll ich sagen. Aus ermittlungstechnischen Gründen dürfte ich Ihnen die Information nicht geben. Das wissen Sie. Aber ich will offen sein. Vor einer Stunde hat sich die Situation geändert. Zumindest macht es den Anschein. Herr Bruckner, der Freund der Mutter, hat ein Telefonat entgegengenommen, das neues Licht auf die Sache wirft. Angeblich hat sich ein Entführer bei ihm gemeldet. Er wollte 100.000 € erpressen, sonst würde er die Kinder töten.«

Hübner hob die Augenbrauen, stellte die Tasse auf dem Unterteller ab, ohne getrunken zu haben. »Entschuldigen Sie meine Neugier, Frau Kollegin. Weshalb suchen Sie mit so vielen Leuten weiter, wenn Sie von einem Entführungsfall ausgehen?«

»Weder Kollege Mannbarth noch ich glauben Bruckner. Über den Verlauf des Nachtmittags und Abends hat er sich mit seinen Aussagen in Widersprüche verstrickt. Außerdem wurde seine Behauptung, sich mit den Kindern mehrfach getroffen zu haben, durch Zeugen widerlegt. Unter anderem von Ihnen und der Kellnerin. Es klingt verrückt, aber ich habe so ein Bauchgefühl. Der Mann ist nicht astrein.«

Eine von Hübners Augenbrauen kehrte auf ihren Platz zurück. Der Gesichtsausdruck erinnerte Anna an die legendäre Enterprise-Figur Mr. Spock.

»Willst du ihnen helfen?«, fragte Kathrin ihren Mann, legte eine Hand auf seinen Unterarm.

»Nein Schatz, ich brauche den Urlaub. Ich kann nicht mehr. In diesem Jahr hatte ich noch keine zehn Tage frei.«

»Es sind doch Kinder. Nur ein bisschen. Außerdem wird dir die Sache keine Ruhe lassen.«

»Ich weiß, aber wenn ich nicht abschalte, werde ich irgendwann gar nicht mehr arbeiten können. Es war ein schlimmes Jahr. Dieser Urlaub sollte ein Neuanfang werden. Ich brauche die Zeit mit dir, sonst …«

»Tu es für mich! Stell dir vor, es wären unsere Kinder. Bitte!«

Anna konnte sehen, wie er mit sich rang. Das Gefühl, ausgebrannt zu sein, kannte sie. Obwohl sie nichts über Hübner wusste, fühlte sie sich mit ihm verbunden.

»Ist schon gut, Herr Hübner. Wir haben eine Menge Leute, die uns helfen. Ich verstehe Sie sehr gut.«

»Nein, Sie verstehen gar nicht«, erwiderte die Ehefrau mit trotziger Stimme. Dass ihr Mann ihrer Bitte nicht nachkam, wollte sie nicht akzeptieren. »Gib dir einen Ruck, nimm dir zwei Stunden. Dann wissen sie wenigstens, woran sie sind. Los jetzt! Andernfalls schläfst du heute Nacht auf der Bank.«

Wäre die Sache nicht so ernst, hätte Anna losgelacht. Die Frau gefiel ihr. Sie hatte Durchsetzungsvermögen, wusste ihre Wünsche zu formulieren.

Hübner blickte lange in Annas strahlend blaue Augen. Ein tiefer Seufzer kündigte seine Resignation an.

»In Ordnung, aber nur heute. Wenn ich in die Lodge gehe, will ich das hinter mir lassen. Dies ist der letzte Urlaub, den ich vorläufig bekommen kann. Ich werde ihn mir nicht kaputtmachen lassen. Auch nicht von zwei vermissten Kindern oder einer Entführung. Bitte haben Sie Verständnis.«

Das Angebot verwunderte Anna. »Wie ich schon sagte, Herr Hübner, wir haben genug Helfer. Sie brauchen Ihren Urlaub nicht zu unterbrechen.«

Kathrin schüttelte den Kopf. »Frau Tanzberger, wie kann ich Ihnen das am besten erklären? Mein Mann ist bei einer übergeordneten Polizeibehörde tätig. Auf Bundesebene. Sein Spezialgebiet sind Entführungsfälle. Ich denke, Sie sollten seine Hilfe nicht abschlagen.«

»Ah, nun verstehe ich, Frau Hübner! In dem Fall würde ich mich sehr über Ihre Unterstützung freuen, Herr Hübner, vielen Dank! Würden Sie sich mit Bertram

Bruckner unterhalten?«

»Selbstverständlich.« Er gab seiner Frau ein Kuss, stand auf, begleitete Anna zum Tisch des Mannes.

Bertram schaute durch das Fenster dem Treiben der Retter auf dem Skihang zu. Luis sprach leise mit Dorothee, die weinend in seinen Armen lag.

»Herr Bruckner, das ist Kollege Hübner. Er wird sich um Ihren Anruf, die Entführung kümmern. Sind Sie bitte so freundlich, ihm zu wiederholen, was Sie mir vorhin gesagt haben? Es ist sehr wichtig. Das Leben der Kinder könnte davon abhängen, dass Sie kooperieren.«

Er nickte. Von seinem Widerstand war nichts übrig geblieben. Steffen Hübner übernahm die Befragung.

»Guten Morgen, Herr Bruckner. Wie geht es Ihnen?«

Mit allem hatte Bertram gerechnet, nur nicht, dass er nach seinem Wohlbefinden gefragt würde. Die Überrumpelung war perfekt.

»Äh ... gut, danke. Ja, mir geht es gut, Herr Hübner.«

»Möchten Sie etwas trinken? Kaffee, Tee, ein Bier vielleicht?«

»Besser einen Wein. Weißwein und ein Glas Wasser bitte.«

Anna kümmerte sich um die Bestellung.

»Wie ich gehört habe, hat man Sie vorhin nicht gut behandelt. Ist das korrekt?«

»Ja, das stimmt.«

»Ich hoffe, es stört Sie nicht, dass ich Ihnen die gleichen Fragen noch einmal stelle. Ist das für Sie in Ordnung?«

»Ja.«

»Können wir loslegen?«

»Ja.« Bruckner wurde ungehalten. Das ewige Ja-Sagen nervte ihn.

»Sitzen Sie bequem?«

»Ja doch! Was soll das?«

»Trinken Sie öfter Alkohol vor 10 Uhr morgens?«

Die Frage war wie ein Fausthieb ins Gesicht. Bruckner

schnappte nach Luft.

Hübner wartete seine Antwort nicht ab. »Haben Sie gestern Abend auch getrunken?«

Bertram wollte aufstehen und gehen. Doch so einfach war das nicht, er saß auf einer Eckbank. Zudem ließ ihn der Blick in das Gesicht des Polizeibeamten in der Bewegung erstarren.

»Okay, das haben wir geklärt«, sagte Steffen. »Wann genau haben Sie das Telefonat, in dem die Entführung angekündigt wurde, empfangen? War das heute oder gestern?«

Bruckners Entrüstung wirkte echt. Aber welche Frage regte ihn so auf? »Ich trinke nur zur Entspannung. Eigentlich trinke ich nie. Es ist nur ... Das Ganze macht mich fertig.«

Das war noch nicht genug. Er braucht noch einen, um zu Boden zu gehen, beschloss Hübner, drehte sich um, winkte der Kellnerin.

»Ich habe eine kurze Frage, gnädige Frau. Hat Herr Bruckner gestern Abend Wein getrunken?«

»Ja. Er war seit mittags um eins hier. Ich müsste nachschauen gehen, aber es waren sieben oder acht Gläser Wein. Weißwein.«

»Dankeschön!« Hübner wandte sich seinem Gesprächspartner zu, der ihn verdattert ansah. »Das hätten wir ebenfalls geklärt. Jetzt noch die Frage, wann Sie das Telefonat angenommen haben, Herr Bruckner.«

»Gegen neun. Den genauen Zeitpunkt müsste ich von der Telefonliste ablesen.«

»Heute Morgen oder gestern Abend?«

»Heute Morgen, gerade eben, keine Stunde her.«

»War die Person, die mit Ihnen gesprochen hat, ein Mann oder eine Frau?«

»Ein Mann.«

»Jung oder alt?«

»Jung.«

»Wie jung?«

»Ich schätze, ungefähr 30.«

»Woran haben Sie das erkannt?«

Bruckner kam ins Schleudern. Ein ungutes Gefühl beschlich ihn. »Die Stimme hörte sich jung an, so ungefähr wie meine. Ich glaube nicht, dass ich sie vorher schon mal gehört habe. Nein, ich bin mir sicher, dass ich sie noch nie gehört habe.«

»Warum haben Sie der Stimme geglaubt?«

»Ich weiß nicht, sie war so … bestimmt.«

»Fordernd?«

»Ja genau, fordernd! Genauso war es.«

»Gut, fassen wir zusammen«, sagte Hübner ruhig, legte seine Hände auf den Tisch. »Heute Morgen um 9 Uhr, eine männliche Stimme um die 30, bestimmend und fordernd. Ist das korrekt?«

»Ja.«

»Er wollte Geld. Auch das ist korrekt, oder?«

»Ja.«

»100.000 €?«

»Ja.«

Steffen Hübner überlegte, ob Bruckner für mehr bereit war. Er hatte ihn dazu gebracht, sein Einverständnis stets aufs Neue zu geben. Es war Zeit, das eigentliche Gespräch zu führen. Jedoch anders, als sich das sein Gegenüber vorgestellt haben dürfte.

»Wollen Sie mir bitte so genau wie möglich den Wortlaut des Telefonats wiedergeben? Würden Sie das für mich tun, Herr Bruckner?«

»Ja, sicher tue ich das. Wo soll ich anfangen?«

»Am besten von hinten. Fangen Sie damit an, wie das Telefongespräch endete.«

»Was? Das Ende zuerst? Soll ich nicht am Anfang beginnen?«

»Nein!«

Der Widerspruch kam so unerwartet hart, dass Bruckner zusammenzuckte. Nach den vielen Jas hatte er nicht mit der schroffen Ablehnung gerechnet. »Also, ich weiß nicht. Ich glaube, zuletzt sagte er so etwas wie: Sonst bringe ich sie um. Ja genau, das hat er gesagt.«

Hübner holte einen Kugelschreiber aus der Jacke, nahm sich eine Serviette aus dem Spender. Langsam schrieb er den Text in sauberer Druckschrift auf. Bertram konnte mitlesen.

»Hat er sich nicht verabschiedet? Ich meine, ein ›Servus‹ oder ›Wir hören uns noch‹?«

Bruckner begann zu schwitzen. Darüber hatte er sich keine Gedanken gemacht. Dieser Polizist war anders, angsteinflößend.

»Er sagte, dass er sich noch einmal melden würde. Für die Geldübergabe, glaube ich.«

»Was davon hat er ganz zum Schluss gesagt? Das mit der Geldübergabe, dass er sich noch mal melden würde oder dass er die Kinder umbringen will?« Hübner vermied den Augenkontakt mit dem sichtlich nervösen Mann. Er wollte ihm keinen rettenden Anker zuwerfen.

In Gedanken überflog Bruckner das Gespräch. »Dass er sich noch mal melden würde«, antwortete er schnell. *Das ist sicher das glaubwürdigste,* schätzte er.

Hübner notierte den Satz unter dem vorherigen, Aber nicht am unteren Rand der Serviette.

»Und davor? Hat er Ihnen gesagt, warum er die Kinder entführt hat?«

»Weil er Geld haben will. Ist doch klar, oder? Was soll diese Fragerei? Glauben Sie mir nicht?«

Steffen Hübner hatte ihn soweit. Die Nervosität trieb ihn dazu, Gegenfragen zu stellen, um nicht antworten zu müssen.

»Hat er Ihnen gesagt, dass er deshalb die Kinder entführt hat?«

»Ja, das sage ich doch. Er sagte: ›Ich will 100.000, sonst sterben die Kinder!‹.«

»Herr Bruckner. Es ist wichtig, dass Sie das Gespräch so wortwörtlich wie möglich wiedergeben. Ich probiere herauszufinden, ob es jemand ist, den Sie kennen, oder ein

Wildfremder. Deshalb noch einmal, was hat er genau gesagt?«

»Ganz genau?«, Bertram machte ein nachdenkliches Gesicht. Er ahnte, dass ihn der Polizist in eine Falle locken wollte. *So einfach werde ich es dir nicht machen,* nahm er sich vor und antwortete: »Der Entführer sagte: Ich will 100.000 €, sonst siehst du die Kinder nie wieder. Und dann noch: Du Drecksau!« Bruckner bildete sich ein, dass ein Entführer tatsächlich so agieren würde. Geld her oder Leben.

»Er hat Sie geduzt?«, gab sich Hübner verwundert. »Danke für Ihre Mitarbeit, Herr Bruckner.« Er erhob sich, ging zu seiner Frau hinüber.

Kathrin und Anna unterbrachen ihre Unterhaltung, als er sich zu ihnen setzte.

»Und? Was haben Sie herausgefunden?«, wollte die hübsche Polizistin sofort wissen.

»Ihr Bauchgefühl trügt Sie nicht. Er lügt und das schlecht. Meine persönliche Einschätzung: Ich bezweifle, dass es eine Entführung gab. Wahrscheinlich steckt eine andere Sache dahinter. Ich werde noch ein- oder zweimal mit ihm reden. Danach können Sie mit ihm tun, was Sie wollen.«

Die Antwort schockte sie. Das Gefühl, Bruckner würde lügen, war das eine. Die Bestätigung von jemandem zu hören, der es wissen musste, war schwerwiegend. Als Frau Hübner ihren Mann gebeten hatte, zu helfen, war Anna skeptisch gewesen. Der Deutsche, Polizist hin oder her, war ein Fremder. Nun war sie froh über seine Unterstützung. Sie hatte erfahren, dass er für das BKA als Spezialist für Entführungsfälle arbeitete.

»Herr Hübner, wie können Sie in so kurzer Zeit herausfinden, ob der Befragte lügt oder nicht?«

»Zuerst müssen Sie demjenigen einige belanglose Fragen stellen, die er ausschließlich mit Ja beantworten kann. So fühlt er sich komfortabel und öffnet sich. Dann, wenn er es am wenigsten erwartet, bringen Sie ihn aus der Fassung. Sobald er die verloren hat, lassen Sie ihn den Tathergang oder das Gespräch von hinten aufrollen. Keiner, der sich eine Geschichte ausdenkt, kann sie in umgekehrter Abfolge fehlerfrei wiederholen.

Das, was Bruckner sozusagen vorwärts ausgesagt hat, klingt einstudiert. Selbst seine Reaktionen scheint er bedacht zu haben. Nachdem er in Bedrängnis geraten war und das Telefonat rückwärts erzählen musste, hat er ständig neue Varianten erfunden. Mittlerweile hat ihn der Anrufer geduzt und sogar beleidigt.

Das ist untypisch, in all den Jahren habe ich es nur einmal erlebt. Ein Angestellter hatte seinen Boss entführt und all seinen Frust in einem Brief an die Ehefrau niedergeschrieben. Verbale Schmähungen in einem Telefongespräch sind mir in noch keinem Fall untergekommen.«

»Wir müssen also davon ausgehen, dass er lügt und nicht weiß, was mit den Kindern ist?«

»Nicht so voreilig, Frau Tanzberger. Ich habe lediglich erfahren, dass der Anruf nicht so verlaufen ist, wie ihn Bruckner geschildert hat. Ob es sich generell um eine vorgetäuschte Entführung handelt, werde ich erst nach dem letzten Gespräch wissen. Bisher ist es eine Annahme.«

Anna hatte verstanden. Ein Schnellschuss konnte nach hinten losgehen.

»Wann machen Sie weiter, Herr Hübner?«

»Sobald die Presse verschwunden ist.« Er wies auf ein Auto, das angefahren kam. Der alte BMW mit der rotweißen Aufschrift ›Express, immer aktuell‹ parkte direkt vor dem Eingang. Ein übergewichtiger Mann Ende dreißig in Jeans und Cordjacke quälte sich aus dem Wagen. Anna kannte den Reporter Ben Salzinger aus dem ersten Mordfall auf der Postalm, an dem sie mitgearbeitet hatte. Aber sie mochte ihn nicht. Er eilte auf die Gaststätte zu.

»Servus zusammen«, grüßte der Journalist, setzte sein

bestes Lächeln auf. »Ben Salzinger vom Express. Wer hat hier das Sagen?«

Noch bevor Luis sich zu Wort melden konnte, war Anna auf dem Weg zu Salzinger. Er schien verblüfft zu sein, anscheinend hatte er nicht mit seiner alten Rivalin gerechnet.

»Frau Tanzberger, schön Sie zu sehen«, schleimte er. »Sie sehen besser aus als je zuvor, wenn ich das sagen darf.«

»Dürfen Sie nicht.« Sie bemühte sich um einen freundlichen Ton. »Was führt Sie denn auf die Postalm?«

»Bei uns ist ein anonymer Anruf eingegangen. Die Redaktion hat mich umgehend hierhin geschickt.«

»Anonym? Um was ging es in dem Telefonat?«

»Um eine Entführung. Können Sie mir darüber Auskunft geben? Bitte lassen Sie es nicht so enden wie 2014. Das wäre nicht gut, weder für Sie noch für mich.«

Das ist neu, staunte sie. *Er bittet mit der ersten Frage um Zusammenarbeit.* So hatte sie ihn nicht in Erinnerung. Sie überwand ihre Abneigung, hakte sich bei Salzinger unter, führte ihn bis an einen von allen abgelegenen Tisch. Sie bat ihn, Platz zu nehmen.

»Herr Salzinger, ich werde Ihnen Rede und Antwort stehen. Ich habe nur eine Frage vorher: Was genau hat man Ihnen gesagt?«

Der Reporter war verwirrt. Er hatte sich auf eine gewohnt widerspenstige Frau Tanzberger eingerichtet und nun das! Er nahm ihr Angebot an.

»Mein Redakteur hat mich darüber informiert, dass ein Anruf mit unterdrückter Kennung eingegangen sei. Im Wesentlichen hat der Anrufer mitgeteilt, es hätte eine Entführung stattgefunden. Anschließend wäre ein zukünftiger Politiker erpresst worden sein. Es soll um einen Mann der VÖ, Vorwärts Österreich, gehen. Wenn Sie mich fragen, keine angenehmen Zeitgenossen. Rechtsradikal von der Sohle bis zum Scheitel. Aber es erhöht die Auflage der Zeitung, deshalb bin ich hier.«

Anna beugte sich vor, verkürzte den Abstand zwischen ihnen, um leiser sprechen zu können.

»Mit einem haben Sie recht, Herr Salzinger, die Leute der VÖ sind unangenehme Mitmenschen. Was die anderen Informationen betrifft, ist es zu früh für eine Aussage meinerseits.«

»Ach, kommen Sie, Frau Tanzberger! Ich dachte, wir wollen zusammenarbeiten.«

»Herr Salzinger, Sie verstehen mich falsch. Es ist zu zeitig, von einer Entführung zu sprechen. Es gab einen Anruf mit einer Forderung, das kann ich bestätigen. Auch ein Herr der VÖ ist involviert. Ich kann ebenfalls bestätigen, dass seit gestern Abend Geschwister, ein Mädchen von 7 Jahren und ein Junge von 11, vermisst werden. Es sind die Kinder der Freundin des angehenden Politikers.« Sie zögerte. Ihre Optionen waren nicht üppig. Zu viel preiszugeben oder zu verschweigen, beides konnte Probleme nach sich ziehen. »Gibt es bei Ihnen so etwas wie Verschwiegenheitsklauseln?«, wollte sie wissen.

»Wir sind nicht in Amerika, Frau Tanzberger. Geben Sie mir Informationen, darf ich sie verwenden.« Salzinger versuchte, Anna einzuschätzen. Es gelang ihm nicht. Sie hatte ihr Pokerface aufgesetzt.

»Na gut, Frau Tanzberger. Ich veröffentliche nichts, bevor ich von Ihnen ein Okay bekommen habe. Sind Sie damit einverstanden?«

»Einverstanden!« Sie reichte ihm die Hand, um den Handel zu besiegeln. »Ich verspreche Ihnen, Sie sind der Erste, der alle Informationen bekommt. Müssen wir davon ausgehen, dass weitere Journalisten hier auftauchen?«

»Keine Ahnung. Ich schätze, bei der schreibenden Presse werde ich der Einzige bleiben. Die übrigen Tageszeitungen kümmern sich um andere Themen. Leider stürzt sich mein neuer Redakteur auf alles, was diesen jungen Klub betrifft. Einige meiner Kollegen sind schon zur Konkurrenz gewechselt. Wie lange ich ausharre, steht in den Sternen.«

»Dann will ich Sie auf den neuesten Stand bringen. Keine Veröffentlichung ohne Zustimmung, nur noch einmal zur Erinnerung. Die Kinder sind vom Skifahren nicht zurückgekommen. Der, wie Sie es so schön sagen, angehende Volksvertreter, hatte die Aufgabe, sich um die beiden zu kümmern. Ist allerdings nicht geschehen, angeblich soll er hier in der Gaststätte die Werbetrommel für seine Partei gerührt haben. Von abends Viertel vor acht wurde bis tief in die Nacht mit allen Kräften, die die Abtenauer Polizei auf die Schnelle mobilisieren konnte, gesucht. Von den Kindern fehlt noch immer jede Spur.

Was die Entführung betrifft, sind wir uns nicht sicher. Die Art und Weise, der Zeitpunkt und mit Ihnen das Erscheinen der Presse lassen uns zweifeln. Ein externer Ermittler, spezialisiert auf Einführungsfälle, ist eingeschaltet. Auch er hegt Zweifel. Ich verspreche Ihnen, Sie werden alle Details von mir zu hören bekommen, wenn das vorbei ist. Zumindest, sobald wir wissen, ob Entführung und Erpressung reell sind. Bis dahin halten Sie sich bitte zurück.«

Ben Salzinger grinste breit. »Das wäre eine Schlagzeile, die mir gefallen würde. VÖ inszeniert Entführung für Stimmenfang. Mein Chef wird das nie drucken, aber vielleicht ein anderer. Wie sicher sind Sie sich?«

»Ich lehne mich jetzt weit aus dem Fenster. Wir haben enorme Zweifel. Und das nach der ersten Befragung!«

»Wow. Wie kann ich helfen?«

Erneut hatte er sie überrascht. Nicht nur, dass er einverstanden war, die Meldung zurückzuhalten, er bot sogar seine Hilfe an. »Wenn ich ehrlich bin, habe ich noch keine Ahnung, wie Sie uns unterstützen könnten. Ich würde jedoch Ihr Angebot gern annehmen, falls Sie eine gute Idee haben.«

»Müssen Sie nicht die Zustimmung Ihres Vorgesetzten einholen, Frau Tanzberger?«

Wieder stockte Anna. Die Antwort konnte kritisch für sie werden. Doch sie blieb bei der Wahrheit. »Ich glaube, es ist besser, diese Frage nicht zu beantworten. Ich bin hier nicht im Auftrag des LKA. Ich habe Urlaub genommen, um meinem Freund, dem zukünftigen Leiter der Abtenauer Inspektion zu helfen. Die Kinder sind aus der Gemeinde, die Mutter ist ihm bekannt. Der externe Berater ist in derselben Situation wie ich. Wir haben uns entschlossen, die Angelegenheit auf diese Weise zu regeln. Einen Tag vor Weihnachten dürften wir keine Leute zur Verfügung gestellt bekommen, die sich mit solchen Fällen auskennen.«

Salzinger war baff ob der Sachlage und der Ehrlichkeit der Ermittlerin. Nach einer Pause fragte er: »Frau Tanzberger, Sie wissen schon, dass das das Ende Ihrer Karriere bedeuten könnte?«

»Ja, ich bin mir dessen voll bewusst, Herr Salzinger. Das ändert nichts daran, dass die Kinder gestern um 16 Uhr zum letzten Mal gesehen wurden. Dass wir den Aussagen des Herrn Bertram Bruckner nicht glauben. Fragen Sie mich bitte nicht nach Einzelheiten, noch nicht. Jedenfalls haben wir berechtigte Zweifel.«

»Bertram Bruckner sagen Sie? Ich kann gern in unserem Archiv, nachschauen, ob er schon einmal irgendwo aufgetaucht ist. Ist es sein erster Versuch bei den Wahlen? Hat er vorher schon für eine Partei gearbeitet? Gibt es mehr Hintergrundinformationen?«

»Das sind viele Fragen, Herr Salzinger, deren Antworten ich nicht kenne. Aber für alles, was Sie über den Herrn in Erfahrung bringen können, wären wir alle, die Mutter eingeschlossen, sehr dankbar.«

Salzinger sprang auf, wirkte wie aufgedreht. »Ich schlage Folgendes vor. Sie lassen mich mit diesem Bruckner sprechen. Ich glaube, er ist der Presse gegenüber ganz anders aufgeschlossen als der Polizei. Hat er das Gefühl, man glaubt ihm nicht, wird er sich bei mir beschweren. Ich gebe Ihnen umgehend weiter, was er gesagt hat. Wenn es geht, würde ich das gern sofort machen. Wie ich sehe, kommen gerade zwei Fahrzeuge der werbefinanzierten

Fernsehsender an. Die Zeit drängt.«

Kapitel 5

Während die Antennen auf den Dächern der Übertragungswagen aufgestellt wurden, sprach der Journalist in Ruhe mit dem Möchtegernpolitiker. Anna hatte ihm 10 Minuten zugestanden. Zehn Minuten, in denen Zweifel an ihr nagten, ob das der richtige Weg war.

Hübner stellte sich neben sie. Gemeinsam beobachteten sie, wie sich Bruckner in Rage redete. Er gestikulierte heftig, zeigte wiederholt auf sein Handy, schüttelte mehrmals den Kopf. Der Reporter musste ihn auf die Herkunft des Telefonats angesprochen haben.

»Das ist ganz schön gefährlich, was Sie da machen, Frau Tanzberger«, kommentierte Steffen Hübner, ohne den Blick von der Szene zu nehmen. »Das kann schwer in die Hose gehen, wie man bei uns sagt.«

»Das sagt man bei uns auch. Mir ist bewusst, dass ich mit meiner Vorgehensweise alles aufs Spiel setze, was ich in den letzten Jahren erreicht habe. Aber die Kinder sind mir im Augenblick wichtiger. Sollten Entführung und Erpressung inszeniert sein, setzt Bruckner damit das Leben der beiden wissentlich auf Spiel. Und das bloß, um gewählt zu werden.«

»Wenn das wahr sein sollte, würde es so ziemlich alles übertreffen, was ich erlebt habe. Sobald Ihr Reporter gegangen ist, werde ich Bruckner ein zweites Mal befragen. In den meisten Fällen reicht das aus. Höchstwahrscheinlich wissen wir danach, ob die Sache fingiert oder echt ist. Halten Sie uns die Fernsehleute vom Hals. Sagen Sie denen, dass wir um des Schutzes der Vermissten Willen keinerlei Auskunft geben können. Das wird erst einmal reichen. Sie werden Ihre Berichte für die Nachrichten filmen. Solange der Lienbachhof als Kulisse dienen kann, werden sie zufrieden sein.«

»Und nach einer halben Stunde in der eisigen Kälte werden sich die Gemüter beruhigen«, fügte Anna hinzu.

»Ja ... ähm ... ich verstehe dich gut, Dagmar«, sprach der Fernsehreporter in die Kamera. Dabei hielt er sich bewusst übertrieben eine Hand an den kleinen Lautsprecher in seinem Ohr. Er war mit seiner Redaktion verbunden, live in den Nachrichten auf seinem Sender.

»Gibt es neue Informationen im Entführungsfall im Salzburger Land, Tristan?«

»Bisher haben wir noch keine näheren Informationen erhalten. Ich habe gerade mit einem Herrn der örtlichen Inspektion gesprochen. Die Eltern sind völlig fertig. Die Kinder ... ähm«, er schaute auf einen Spickzettel, dessen Schrift durch den fallenden Schnee verwischt war. »Ein Junge und ein ... ähm«, wieder sah er auf das Blatt, »ein Mädchen ist auch dabei. Durch den Schneefall sind meine Notizen leider verwischt. Aber ich glaube, sie sind Zwillinge. Sie sind seit gestern verschwunden. Der Anruf des Entführers soll heute Morgen eingegangen sein.« Er trat zwei Schritte zur Seite, die Kamera folgte ihm. »Wie Sie im Hintergrund sehen können, wird eifrig nach den Vermissten gesucht. Die Frage, warum bei einer Erpressung Steuergelder für langwierige Suchaktionen verschwendet werden, hat man uns nicht beantwortet.«

»Wie wir in Erfahrung bringen konnten, Tristan, handelt es sich bei dem Vater um einen Vertreter der VÖ. Einen gewissen Bertram Bruckner. Wurde das von offizieller Seite bestätigt?«

»Also ... ähm ... der Name ist noch nicht gefallen. Die Polizei hält so gut wie alle Informationen zurück. Ich hoffe, ich kann dir in Kürze mehr dazu sagen.«

»Vielen Dank, Tristan, unser Reporter auf der Postalm.«

»Danke Dagmar, das war Tristan Buch ...« Der Sender hatte ihn abgeschaltet. »Nun zu unserem nächsten Bericht. Im Sommer dieses Jahres wurden mehr Touristen als je zuvor durch streunende Kühe angegriffen. Wann endlich unternimmt unsere Regierung geeignete Schritte, um ...«

Luis schaltete den Fernseher der Gaststätte aus. Alle

außer Dorothee und Bertram hatten die 11 Uhr Nachrichten auf dem großen Bildschirm verfolgt.

»So ein Schmarrn!«, schimpfte er. »Woher nehmen die Berichterstatter nur ihre Informationen? Zwillinge. Was für ein Schwachsinn!«

»Viel mehr interessiert mich«, bemerkte der deutsche Polizist, »woher die grundlegenden Fakten stammen. Irgendwer muss den Medien zugetragen haben, dass hier ein angeblicher Entführungsfall vorliegt. In all den Jahren, die ich diesen Job jetzt mache, hat kein Entführer vorab die Presse informiert.«

»Ich erinnere mich an einen Fall«, erwiderte Luis. »Der Erpressungsversuch einer Supermarktkette. Der Mann hatte die Zeitungen in Kenntnis gesetzt. Kann sich unserer das Vorgehen abgeschaut haben?«

»Glaube ich kaum, Herr Mannbarth. In besagtem Fall ging die Information erst an die Presse raus, nachdem sich der Einzelhändler geweigert hatte, zu zahlen. Vor der ersten Meldung lagen sieben Wochen Ermittlungsarbeit der Polizei. Kein Erpresser ist so dämlich und informiert die Medien noch vor der ersten Geldübergabe. Die Gefahr, dass sich Hunderte Journalisten an seine Fersen heften, ist groß. Seine Entlarvung wäre wahrscheinlich.«

Anna hatte das Gespräch verfolgt. Steffen Hübners Erklärung leuchtete ihr ein. »Das ist also ein weiteres Indiz dafür, dass unsere Sache gehörig stinkt. Aber wer hat die Medien informiert? Herr Bruckner kann es nicht gewesen sein. Er war den ganzen Morgen über nicht unbeobachtet. Herr Salzinger vom Express hat mir gesagt, der Anruf in der Redaktion sei gegen 9:15 Uhr eingegangen. Das war nur wenig später als der bei Bruckner.«

»Für mich, Frau Tanzberger, Herr Mannbarth, ist die Antwort traurig.« Hübner ließ die Schultern hängen. »Es ist wieder einmal ein Fall, in dem ich von Komplizenschaft ausgehen muss. Einer spielt den Erpressten, ein anderer den Erpresser.«

»Das bedeutet?«

»Das bedeutet nichts Gutes, Frau Tanzberger. Es schließt nicht aus, dass die Kinder tatsächlich entführt wurden. Ich muss mit unserem Verdächtigen sprechen. Aber es heißt auch, sind die Kinder in der Hand des Komplizen, wäre der wahrscheinlich zu allem bereit, um sich selbst zu schützen. Das sollten wir um jeden Preis verhindern.«

»Was schlagen Sie vor, Herr Hübner?«, fragte Luis.

»In meiner Dienststelle haben wir die besten Erfolge erzielt, indem wir die einzelnen Personen voneinander trennten. Einer sollte sich um die Mutter kümmern. Zur Not müsste sie durch einen Arzt beruhigt werden. Aus Erfahrung kann ich sagen, dass 24 Stunden nach dem letzten Kontakt das letzte bisschen Hoffnung zerbricht. Die Frau braucht also dringend Unterstützung. Es ist wichtig, die Medien auf Distanz zu halten. Sie haben das sehr gut gemacht, Frau Tanzberger. Würden Sie das bitte übernehmen? Einen Anfänger können wir uns im Augenblick nicht leisten. Wann erwarten wir die ersten Suchkräfte zurück?«

»Gegen zwölf«, antwortete Luis.

»Dann sollte jemand dafür sorgen, dass sie untergebracht, aufgewärmt, mit Getränken und einem warmen Essen versorgt werden. Haben Sie jemanden für die Aufgabe, Herr Mannbarth?«

»Ja, Thomas Neue, ein Kollege. Er hat die Einteilung der Helfer übernommen. Das war unmittelbar, bevor Sie eingetroffen sind.«

»Ich werde mit Bruckner weitermachen. Gibt es im Gebäude einen Raum, in dem ich ungestört mit ihm sprechen kann? Ich möchte verhindern, dass er mit den Rückkehrern zusammenkommt. Sie werden ihn anstarren, manche vielleicht ihre Abneigung zeigen. Das wäre seiner Gesprächsbereitschaft abträglich.«

»Alles klar«, sagte Anna laut, klatschte zweimal in die Hände. »Wir wissen, was wir zu tun haben. Auf geht's!«

Steffen Hübner hatte den Schlüssel für ein Hinterzimmer bekommen, das als Schlafraum für den Notfall diente. Es war voll eingerichtet, Bett, Schrank, ein kleiner Tisch, zwei bequeme Sessel. Der deutsche Polizist hatte bis Punkt 12 Uhr gewartet. Als die ersten Helfer eintrafen, war er zu Bruckner gegangen, hatte ihn gebeten, mitzukommen.

»Wir sollten Sie hier wegbringen, Herr Bruckner. Wenn die Leute von ihrer Suchaktion zurückkehren, ist es besser, wir lassen die mit ihrem Frust allein. Würden Sie mir bitte folgen, ich habe ein Zimmer für uns reserviert.«

Hübner wartete nicht auf sein Einverständnis, im Gegenteil. Er nahm Bruckners Arm, zog ihn förmlich hinter sich her. Stolpernd folgte ihm Bertram.

Ben Salzinger hatte im Eingangsbereich auf die Gelegenheit gewartet, mit Anna unter vier Augen sprechen zu können. Wie vereinbart, wollte er ihr das Ergebnis seines Interviews mitteilen. Annas Nerven waren aufs Äußerste gespannt.

»Meiner Meinung nach, Frau Tanzberger, sagt der Kerl die Unwahrheit. Auch wenn ich das als Zeitungsmann nicht sagen sollte, er lügt wie gedruckt.« Das Gemüt des Journalisten erhitzte sich zusehends. Er gestikulierte wie ein Italiener, fluchte wie ein Russe.

Anna hatte Probleme, ihn zu beruhigen.

»Ja, ja, ich weiß«, winkte Salzinger ab. »Aber der Hobbypolitiker bringt mich auf die Palme! Wir sind einer Fake-News aufgesessen! An der Geschichte stimmt lediglich sein Name. Zumindest gehe ich davon aus. Je länger ich mich mit ihm unterhalten habe, je mehr schmückt er die Story aus. Erst meinte er, die Stimme habe ruhig mit ihm gesprochen. Am Schluss war es ein Bassbariton, der selbst ihm mit dem Umbringen bedroht hat! Im gesamten Gespräch, das fast 10 Minuten gedauert hat, erwähnte er die Kinder ein einziges Mal! Seine Karriere ist ihm das Wichtigste. Er hat Angst, dass seine

Chancen auf einen Wahlsieg durch die Entführung zunichtegemacht werden. Zweimal hat er mich gebeten, das genauso zu drucken. Der Kerl spinnt! Den solltet ihr wegsperren. Wenn so einer in den Landtag kommt, ziehe ich hier weg.«

»Harte Worte, Herr Salzinger. Ich erinnere mich an den Fall des toten Investors und Ihre damalige Art, zu recherchieren. Ich freue mich aber, dass Sie einen seriösen Weg eingeschlagen haben.«

»Jetzt mal nicht so theatralisch, Frau Tanzberger. Irgendwann findet jeder seine Bestimmung. Der eine macht Musik, ein anderer schreibt Bücher, ich sehe meine Zukunft im investigativen Journalismus. Ich mache Ihnen einen Vorschlag.« Er spannte seinen Körper an, als ob er jeden Moment lospreschen wollte. »Ich hole meinen Laptop aus dem Auto. Dann schreibe ich im Lienbachhof alles auf, was Bruckner von sich gegeben hat. Das heißt, das, was ich mit meinen Notizen belegen kann. Das schicke ich Ihnen per E-Mail. Wenn Sie mir Ihr Einverständnis geben, werde ich es veröffentlichen. Bis dahin halte ich dicht.«

Anna war selbstverständlich einverstanden. Salzinger schwirrte ab.

Sie lehnte sich an die Wand, hielt die Hände vors Gesicht, fragte sich, was an diesem Fall so besonders war.

Ein Reporter, der Verschwiegenheit selbst gegenüber seinem Arbeitgeber wahrt. Ein Entführungsspezialist aus Deutschland, der kurz davorsteht, ausgebrannt seinen Dienst zu quittieren. Eine LKA Polizistin, die sich frei genommen hat, um ihrem Freund zu helfen. 150 Freiwillige, die seit Stunden die Alm nach vermissten Kindern durchsuchen.

Ihr ehemaliger Arbeitskollege, Revierinspektor Thomas Neue, hatte berichtet, halb Abtenau sei auf den Beinen. Jeder, der nicht unbedingt arbeiten musste, hatte sich gemeldet. Sogar die Jäger, deren Tag normalerweise um 4 Uhr begann, unterstützten sie mit ihren Schneemobilen.

Die Facebook-Seite ›AbtenauerInnen‹ quoll über vor Mitteilungen und Nachfragen. Viele der Helfer, die zum Lienbachhof zurückkehrten, erkundigten sich bei Dorothee um ihr Befinden.

Noch nie in ihrem Leben hatte Anna sich so sehr gewünscht, dass es ein gutes Ende nehmen würde. So viele liebe Menschen halfen, einen Tag vor Weihnachten.

Luis holte seine Freundin aus ihren Tagträumen. »Liebling, hast du einen Moment Zeit für mich?«, fragte er behutsam.

»Sicher, was ist denn?« Er klang besorgt. Die Stimmung sprang auf sie über.

»Ich bin gerade angerufen worden. Markus Galler von der Bergrettung war am Apparat. Er ist noch oben auf dem Gschlössl. Er meint, dort können wir die Aktion abbrechen. Sie haben jeden Zentimeter abgesucht und absolut nichts gefunden, was auf die Kinder hinweisen könnte.«

»Oh Gott, ist das furchtbar!«, entfuhr es Anna. »Auf der einen Seite ist es natürlich besser, als wenn sie ihre Leichen unter dem Schnee entdeckt hätten. Aber die Ungewissheit ist auch belastend.«

Luis horchte auf. Das schlagende Geräusch von Rotorblättern war zu vernehmen. Der Hubschrauber war angekommen. Sofort rief er Markus an.

» … Ja, ich höre ihn auch, Luis. Er wird nicht landen, das haben sie mir bereits gesagt. Aber etwa 20 Minuten hat er für uns übrig. Er hat eine Wärmebildkamera an Bord, wird langsam kreisend das Skigebiet nach den Kindern absuchen. Ich melde mich, sobald ich Näheres weiß.«

»Alles klar. Danke, Markus.«

»Was nun?«, fragte Anna betrübt.

»Ich weiß es nicht«, gab ihr Freund zu. »Ich bin fix und fertig. Am liebsten würde ich diesem Bruckner die Wahrheit aus dem Leib prügeln. Aber wir wissen beide, dass das nicht geht.«

Sie überlegte, wie sie ihn auf positive Gedanken bringen konnte. Die Hilflosigkeit, die er ausstrahlte, drohte, auf die Helfer überzugehen. Sie sah sich um.

Dorothee war versorgt, an die zehn Freundinnen saßen um sie herum, hielten sie in ihren Armen. Steffen Hübner war mit Bruckner beschäftigt, Kathrin Hübner half der Kellnerin bei der Essenausgabe. Die Einzigen, die scheinbar nichts zu tun hatten, waren sie selbst. Anna brauchte eine Aufgabe für Luis.

»Hast du in der Zwischenzeit mit Mine telefoniert? Weißt du, wie es Stefan geht?«

Er schaute sie überrascht an. Sie konnte in seinen Augen lesen, dass er sich Vorwürfe machte, seinen Onkel, Freund und Vorgesetzten vergessen zu haben. Das Handy noch in der Hand wählte er die Nummer von Stefans Frau.

»Hallo Mine, Luis hier. Gibt es etwas Neues über Stefan? Ist er außer Gefahr?«

»Ja, er ist außer Lebensgefahr. Und es war knapp. Aber er ist auf dem Weg der Besserung. Morgen, auf Heiligabend, wird er die Intensivstation verlassen können. Ich danke dir von ganzem Herzen, dass du so schnell reagiert hast, mein Junge! Stefan ist so stolz auf dich.«

Dicke Tränen liefen dem zukünftigen Inspektionsleiter übers Gesicht. Er hätte vor Freude schreien können. Es blieb bei einem leisen: »Gott sei Dank.«

»Fragst du bitte, was es war?«, sagte Anna laut genug, dass Hermine es verstehen konnte.

»Anscheinend war es ein Zuckerschock«, antwortete sie. »Sein Glukosewert lag bei über 28! Ein Wunder, dass er es noch bis in dein Auto geschafft hat.«

»Was heißt das für ihn? Er kann wohl sicher nicht so weitermachen wie bisher.«

»Du hast recht, Luis, das kann er nicht. Außerdem glaubt der Arzt, dass Stefan seinen Dienst so schnell nicht wieder antreten kann. Bis er wieder vollständig in Ordnung ist, kann es Monate dauern. Wahrscheinlich wirst du seine Aufgaben früher übernehmen müssen als erwartet. Aber, er wird wieder. Er muss abnehmen, das viele Schokoladeessen streiche ich ihm gänzlich. Sicher wird er Insulin spritzen müssen. Doch auch das kriegen wir hin. Heute Mittag um zwei darf ich zu ihm. Dann ist er wach. Ich melde mich bei euch, sobald ich mehr weiß. Grüß Anna, ich habe euch lieb!« Mine hatte aufgelegt.

»Eine Sorge weniger«, seufzte Luis erleichtert, schaute seiner Freundin tief in die Augen. »Jetzt lösen wir das nächste Problem.«

Steffen Hübner saß seit 30 Minuten mit Bruckner im Hinterzimmer des Lienbachhofs. Mehrfach hatte sich der Befragte in Widersprüche verstrickt. Das Gespräch mit dem Journalisten, bei dem er sich produziert hatte, hatte sein Erinnerungsvermögen beeinflusst. In der neuen Version des Anrufs wurde sein eigenes Leben bedroht, die Kinder erwürgt.

Für Steffen war die Sache klar. Doch noch hatten sie keine Spur von den Vermissten. Bertram Bruckner zum jetzigen Zeitpunkt zu entlarven, wäre fahrlässig. Der ominöse Anrufer konnte ein Komplize sein. Also spielte Hübner mit.

»Herr Bruckner, können wir noch einmal durchsprechen, was Sie antworten müssen, wenn sich der Entführer bei Ihnen meldet?«

»Sicher, Herr Hübner, kein Problem. Ich werde mich mit meinem Namen melden, dann sofort den Lautsprecher einschalten. Ich muss abwarten, bis die andere Person zu Ende geredet hat. Nicht unterbrechen, auf keinen Fall. Ist doch richtig, oder?« Bertram wollte den Polizisten zwingen, mit Ja zu antworten. Genauso, wie der es mit ihm getan hatte. Aber dafür musste er früher aufstehen.

»Auf keinen Fall unterbrechen, das ist sehr wichtig«, bestätigte Hübner.

»Ich warte ab, bis mir der Erpresser einen Übergabeort nennt. Den werde ich wiederholen. Er soll wissen, dass ich verstanden habe.«

»Das ist perfekt, Herr Bruckner, finden Sie nicht auch?«

Ein »Ja« entschlüpfte Bertram. Er hätte sich auf die Zunge beißen können. Hübner war ein schwerer Brocken.

Der deutsche Polizist lächelte ihn vielsagend an. »Jetzt kommt der wichtigste Teil. Merken Sie sich meine Worte ganz genau. Sagen Sie: Ich will ein Lebenszeichen von den Kindern.«

In Sekundenschnelle änderte sich die Gesichtsfarbe des Mannes, der die ganze Zeit über das Opfer mimte. Erst wurde er rot, dann blass. Er zitterte.

Hübner kannte den Grund, musste sich jedoch zurückhalten. »Trauen Sie sich das nicht zu, Herr Bruckner? Ich habe gehört, manche Leute brechen zusammen, wenn sie die Entführten an der Stimme erkennen. Muss ich mir Sorgen machen? Nein! Sie schaffen das, oder?«

»Ja, ich schaffe das.« Bertrams Backenzähne mahlten aufeinander.

»Das ist gut! Sie sind ein guter Mann, Herr Bruckner.« Der Polizist klopfte ihm anerkennend auf die Schulter.

»Was ist mit dem Geld? Wenn er mich nach dem Geld fragt, was soll ich antworten?«

»Sagen Sie ihm, das Geld ist unterwegs. Wenn Sie können, schlagen Sie eine Stunde mehr für uns raus. Sie müssen auch fordern, nicht nur geben.«

»Was ist, wenn er merkt, dass ich lüge?«

»Wie soll er das denn merken, Herr Bruckner? Dafür müsste einer von uns hier mit ihm unter einer Decke stecken. Das glaube ich nicht. Das kann ich mir einfach nicht vorstellen. Machen Sie sich also keine Sorgen. Bleiben Sie bei dem, was wir besprochen haben.«

Frank Leitner telefonierte zum vierten Mal mit Felix Enzinger. Der Hotelier löcherte ihn mit Fragen, die er nicht beantworten konnte.

»Wieso steht noch nichts in der Zeitung, verdammt noch mal?!« Enzinger war mehr als ungehalten. »Ich dachte, du hast alles im Griff. Muss ich mir Sorgen machen?«

»Mensch, Felix, was soll ich denn tun? Die Tipps an das Fernsehen haben schließlich auch funktioniert. Keine Ahnung, warum die Presse nichts rausbringt.«

»Scheiß auf die! Du rufst noch einmal bei dem Sender an, gibst denen einen weiteren Hinweis. Mal sehen, ob wir die Schantinger aus der Reserve locken können.«

»Und dann? Was ist, wenn die mich aufnehmen? Wenn sie meine Stimme erkennen? Ich bin des Öfteren in Talkshows, bin eine Person des öffentlichen Lebens. Es muss eine andere Möglichkeit geben, Felix. Ich werde mich nicht bereitwillig aufs Schafott legen.«

»Zum Aussteigen ist es zu spät. Du musst was unternehmen! Die 100.000 € liegen bereit. Ich kann sie persönlich medienwirksam zur Postalm bringen. Aber du musst vorher dafür sorgen, dass die Nachrichten darüber berichten. Das ist mein letztes Wort. Tu was! Sollten die News in 30 Minuten nichts von der Entführung senden, ist unser Deal geplatzt.«

Frank blieb im Bürosessel sitzen und grübelte. *Ich muss mir was einfallen lassen, und das fix! Geht das Geschäft mit Enzinger in die Hose, springen uns noch mehr Sponsoren ab. Das kann ich mir nicht erlauben. Und für Bertram wäre es das vorzeitige politische Ende.* Mit einem Ruck richtete er sich auf. Er nahm sein Telefon, kontrollierte, dass seine Rufnummer sichtbar war, wählte Bruckners Handy an.

Der staunte nicht schlecht. Hatte ihm doch sein Kollege und Freund gesagt, dass er jeden Kontakt zu ihm vermeiden sollte. Nun rief er selbst bei ihm an. »Frank? Was für eine Überraschung! Was willst du denn? Ich muss die Leitung freihalten, die Polizei sitzt neben mir. Wir warten auf einen Anruf.«

»Hallo Bertram. Ich habe in den Nachrichten gesehen, was los ist. Geht es dir gut?« Frank legte Besorgnis in seine Stimme.

»Danke, mir geht es den Umständen entsprechend gut.

War es schon in den Nachrichten? Ich habe hier nichts mitbekommen. Ein Mann von der Zeitung war da. Dass es auch im Fernsehen zu sehen ist, überrascht mich.«

»Ja, seit heute Mittag. Hat der Entführer gesagt, was er will?«

»Er will 100.000 € im Tausch gegen die Kinder. Meine Freundin ist total besorgt, weil wir das Geld nicht haben. Ich hoffe, die Polizei wird uns helfen.«

»Mach dir darüber keine Sorgen, mein Freund. Die Partei, wir von Vorwärts Österreich lassen unsere Leute nicht allein. Wenn du 100.000 € brauchst, werde ich sie auftreiben. Ich sorge dafür, dass dir jemand das Geld vorbeibringt. Ich melde mich. Halt die Ohren steif. Servus.«

»Was war das denn? Ein Parteikollege von Ihnen?«, wollte Steffen Hübner wissen. Die Verwunderung in seinem Gesicht war echt.

»Ja, das war mein Freund und Mentor Frank Leitner. Er ist Abgeordneter im Parlament von Oberösterreich. Genau wie ich ist er ein glühender Vertreter der VÖ.«

»Und er gibt Ihnen einfach so 100.000 €?«

»Das ist nicht einfach so, er tut es für mich. Für die Kinder. Wir von der Partei Vorwärts Österreich halten zusammen. Oder haben Sie was anderes erwartet?«

Hübner antwortete nicht. Gleich gar nicht mit Ja. Das hatte er in 25 Dienstjahren nicht erlebt. Es wurde Zeit, mit Anna Tanzberger und Luis Mannbarth zu reden.

Anna, Luis und Steffen standen abseits der Menge. Ihr Gespräch wurde hitzig. Hübner drohte, die Zusammenarbeit zu beenden.

»Das ist doch Kinderkram! Und noch nicht mal gut gemacht. Wir werden hier verarscht! Sind zum Zuschauen verdammt. Dabei haben wir keine Ahnung, was tatsächlich mit den Kindern passiert ist. Ich habe keine Lust mehr. Für das hier bin ich zu alt.«

»Sie sind sich 100%ig sicher, dass die Entführung und

Erpressung vorgetäuscht sind?«, fragte Anna ein weiteres Mal nach.

»Absolut! Der lügt sich die Geschichte schön. Das Schlimme ist, er beginnt, selbst daran zu glauben. Die Mär, die er mir vom Zusammenhalt in seiner Partei aufgetischt hat, ist haarsträubend. So einen Unsinn habe ich schon lange nicht mehr gehört!«

Luis schaltete sich in das Gespräch ein. »Verhaften können wir Bruckner auch nicht. Zumindest nicht, bis wir wissen, was mit Mareen und Thomas ist. Der Hubschrauber wird jeden Moment zurück zur Basis fliegen. Findet er nichts, stehen wir wieder am Anfang.«

»Genau, Herr Mannbarth. Allerdings können wir ausschließen, dass die Vermissten entführt wurden. Wenigstens ist das Ganze nicht auf Bruckners Mist gewachsen. Dafür halte ich meine Hand ins Feuer. Meiner Meinung nach ist er für einen komplexen Betrug zu dumm. Er hat Hintermänner, die die Arbeit, den Informationsfluss zu den Medien organisieren. Seinen Parteifreund aus Oberösterreich, Frank Leitner heißt er, halte ich für dringend verdächtig. Ihn sollten Sie überprüfen. Wenn wir diese Leute entlarven können, erringen wir einen Teilerfolg. Aber die Kinder wird es uns nicht zurückbringen.«

»Also halten Sie die Entführung für von langer Hand geplant?«, hakte Anna nach. »Als eine Art Promotion von Bruckners politischer Karriere?«

»An eine Planung glaube ich nicht, Frau Tanzberger. Auf mich macht die Aktion den Eindruck, als ob die Leute das Verschwinden der Kinder für ihre Sache ausnutzen würden. Hätten sie Zeit für Vorbereitungen gehabt, hätten sie es viel größer aufgezogen. Bruckner hätte eine Pressekonferenz abgehalten, die ganze Welt hätte auf die Postalm geschaut. Nein, die Erpressergeschichte ist viel zu dilettantisch durchgeführt, als dass man von einer karrierebildenden Werbemaßnahme sprechen könnte. Das ist sowohl meine private als auch berufliche Einschätzung.

Suchen Sie weiter nach den Kindern. Bei dem Verdächtigen werden Sie sie nicht finden.«

Mareen saß auf einer Eckbank, unterhielt sich mit Amana, die sich liebevoll um Tommy und sie kümmerte. Sie löcherte die fremdartige Frau mit Fragen über alles, was ihr in den Sinn kam.

»Was bedeutet Amana?«

»Das bedeutet Frieden, Vertrauen und Ehrlichkeit. Da, wo ich herkomme, ist das kein seltener Vorname.«

»Wo kommst du her?«

»Wir kommen beide aus Manbij, einer kleinen Stadt in der Provinz Halab. Das liegt in Syrien.«

»Was ist Syrien?«

»Syrien ist ein Land wie Österreich, ein wunderschönes. Dort gibt es Früchte, die du noch nie gesehen hast. Es gibt Datteln, Feigen, Zitrusfrüchte, die wunderbar süß schmecken. Wir haben tolle Strände am Mittelmeer, aber auch Wüsten und große Felder. Unser Land ist sehr alt, hat eine lange Kultur. Wir sind stolz darauf.«

»Warum seid ihr denn dann hier?«

»Ach meine Kleine, das ist schwierig zu erklären. Ich will dich nicht erschrecken. Du bist noch zu jung dafür.«

»Ich bin gar nicht jung, ich bin schon sieben.«

Amana lachte herzlich. Das erste Mal seit Tagen. Mareen, aber auch Thomas ließen ihr Herz schneller schlagen. Wärme erfüllte sie, wenn sie sah, wie das Mädchen ihrem Bruder übers Haar streichelte.

»Ja, du bist wirklich schon groß, Mareen, eine richtige Prinzessin.«

»Ist es wegen dem Krieg?«

Die Frau hielt sich die Hand vor den Mund. Beinahe hätte sie vor Schreck aufgeschrien. Wie konnte das kleine Kind davon wissen?

»Woher weißt du, was Krieg ist, Mareen?«

»Krieg ist, wenn sich die Leute gegenseitig die Köpfe einschlagen, ohne zu wissen, warum.«

Amana schloss die Augen. Dicke Tränen liefen ihr übers Gesicht. *Wie recht sie doch hat. Wer weiß schon, warum der Krieg nach Syrien gekommen ist?* All die Bilder, das Erlebte, tauchten vor ihrem geistigen Auge auf. Die Zerstörung der Wohnhäuser, der Praxis ihres Mannes, der Fabrik, in der sie als Ingenieurin gearbeitet hatte. All das hatten die Bomber in wenigen Tagen dem Erdboden gleichgemacht. ... Und ihre Tochter, Mahasen, die eine Granate auf dem Heimweg von der Schule getötet hatte.

Der Tod wurde für die Zivilbevölkerung allgegenwärtig. Danach kam die komplette Vernichtung der Städte und Dörfer. Zuerst waren es ihre orthodoxen Kirchen. Eine Rakete, ein verheerender Brand, nichts blieb übrig. Dann belebte Plätze, Märkte, Schulen und Krankenhäuser. Zum Schluss fielen auch die Moscheen derer, die im Namen Allahs das Land von Andersdenkenden befreien wollten.

Die meisten, die in ihrer Heimat wüteten, waren keine Syrer. Bomben, Granaten, sogar das Giftgas kam nicht aus ihrem Land. Amerikaner, Russen, verschiedene arabische Staaten führten einen Stellvertreterkrieg auf syrischem Boden, der mit Milliarden aus dem Ausland finanziert wurde. Die syrische Bevölkerung hatte von Beginn an verloren. Ob das Staatsoberhaupt bleiben würde, war weder seine Entscheidung noch die des Volkes. Das würden Leute beschließen, die nie ein Fuß in ihr Land gesetzt hatten.

»Das ist wohl so«, antwortete Amana traurig. »Aber wir sollten nicht darüber reden, meine Kleine.«

»Wird es besser, wenn man nicht darüber redet?«

Nun konnte die Frau ihre Tränen nicht mehr zurückhalten. *Was ist das nur für ein Kind?* Seit sie nach dem Großangriff auf Aleppo ihr Heimatdorf verlassen mussten, hatte sie nicht mehr über die Vergangenheit nachgedacht. Jede Erinnerung an ihre Tochter hatte sie zurücklassen müssen. Nur ein kleines Bild, nicht größer als ein Passfoto, hatte sie behalten. Tagelang waren sie gelaufen, hatten irgendwann allen Ballast, der den Fußmarsch zusätzlich erschwerte, am Wegesrand fallen lassen. Was ihnen geblieben war, war buchstäblich das, was sie am Leib trugen.

Im Lager hinter der Grenze zur Türkei erging es ihnen schlecht. Moslems wurden von Christen getrennt. Die einen bekamen Essen – sie mussten vier Tage lang hungern bis zum ersten Stück Brot. Nach zwei Monaten war ihnen klar, eine Zukunft hatten sie dort nicht. Als sie eines Nachts das Lager Richtung Mittelmeer verlassen hatten, beraubte man sie aller Wertsachen. Die goldene Uhr ihres Mannes war das letzte wertvolle Stück aus Friedenszeiten. Genug, um die Überfahrt nach Griechenland für sie beide zu bezahlen.

Amana wurde jäh aus ihren Gedanken gerissen. Mareen war zu ihr gekommen, hatte ihr mit ihren kleinen Händen über das Gesicht gestreichelt, sie in den Arm genommen.

»Es wird schon alles gut werden«, flüsterte sie der Frau ins Ohr. »Es ist Weihnachten, alles kann passieren.«

»Amana«, hörte sie ihren Mann sagen. »Ich brauche frisches Wasser. Das Fieber kommt wieder.«

Die Frau sprang auf, brachte Mareen zu ihrem Mann.

»Du bleibst jetzt bei ihm. Dein Bruder braucht dich. Ich bin gleich zurück.«

Mareen lächelte sie an. Ihre Zahnlücke wurde sichtbar. Mit einem tiefen Seufzer, einem kurzen Moment des Glücks nahm sich Amana die Plastikschüssel, die neben der Bettstatt gestanden hatte. Sie würde Wasser für Thomas holen.

Als sie vor drei Tagen in diese Berghütte geflüchtet waren, hatte der Schnee noch nicht so hoch gelegen. Der Weg zu dem nahen Bach war nicht beschwerlich gewesen. Sie hatten sich einen Wasservorrat angelegt. Ein Stopfen in der Spüle der Küche hatte Trinkwasser für mehrere Tage gesichert. Mit Mareen und Tommy hatten sie nicht rechnen können.

Ein zusätzlicher Schal, ein Paar gestrickte Handschuhe waren der Schutz gegen die eisige Kälte. Sie wollte gerade den Balken anheben, der die Eingangstür von innen blockierte, als sie sich nähernde Schritte vernahm. Eilig ging sie zurück zu ihrem Mann und den beiden Kindern. Sie legte einen Finger auf die Lippen, sagte: »Scht«, schaute Mareen flehend an. »Bitte Mareen, kein Wort.«

Markus Galler war am letzten Holzhaus hinter der Rettenegghütte angekommen. Weit weg von der Stelle, an der sie die Vermissten vermuteten. Aber er wollte nichts unversucht lassen. Der Marsch hierher war das Mindeste, das er noch tun konnte. Der Hubschrauber war erfolglos abgezogen.

Anhand der Spuren sah er, dass noch kein Schneescooter diesen Teil der Alm kontrolliert hatte. Der Weg dorthin wurde immer beschwerlicher, selbst mit Schneeschuhen. Der Pulverschnee der letzten 24 Stunden lag hüfthoch.

Markus bahnte sich den Weg bis zum Eingang. Der Türgriff bewegte sich, ein kurzes Rappeln, die Tür war verschlossen. Zur Sicherheit kontrollierte er auch die Läden an den Fenstern rundherum. Dann ging er zum Schuppen, der neben der Hütte stand.

»Hilfe ist gekommen«, freute sich Mareen. Doch nur, bis sie Amana anschaute. Die Angst in den Augen der Frau ging auf sie über. Sie hielt sich die Hände vor den Mund. Das Gefühl, einen Fehler gemacht zu haben, überkam sie.

Das Geräusch vom Rütteln an Türen und Fensterläden hatte aufgehört, die Schritte entfernten sich. Mareen zitterte am ganzen Körper.

Amana nahm sie in den Arm, drückte sie fest an sich, ohne ihr weh zu tun. »Danke«, war das Einzige, das über ihre Lippen kam. Sie weinte.

Ein großer schwarzer Mercedes, das neueste Modell, fuhr auf den Parkplatz, stoppte zwischen den Fahrzeugen der Fernsehsender. Der Wagen zog alle Aufmerksamkeit auf sich. Er war frisch poliert, die hinteren Fenster schwarz verblendet. Es schien, als würde der Bundespräsident seine Aufwartung machen.

Der Fahrer, ein älterer Herr in Livree, stieg aus, zog eine Dienstmütze vom Kopf, öffnete die hintere Tür. Felix Enzinger entstieg dem Luxusmobil, bereit für seinen großen Auftritt.

Ein Fernsehreporter näherte sich langsam, beide Hände in den Hosentaschen. Als er erkannte, wen er vor sich hatte, holte er in Windeseile einen Kameramann und zwei Leute für Mikrofon und Aufnahmesteuerung. Das nötige Licht lieferte die Leuchte auf dem Profi-Camcorder.

»Sind wir auf Sendung? Habt ihr das Bild?«

»Alles klar, Tristan, du siehst gut aus. Maske brauchen wir nicht, der Schnee würde doch alles verwischen. Aber das HD-Fernsehen wird deine Falten deutlich zeigen. Du brauchst dringend Botox«, erwiderte der Regieassistent aus dem Aufnahmewagen. Tristan wollte kontern, als er durch den Knopf in seinem Ohr angesprochen wurde.

»Wir sind live in, vier ... drei ... zwei ...«

»Hier ist Tristan Buchweiser, live für Sie von der Postalm. Der Fall der vermissten Zwillinge des VÖ-Politikers Bertram Bruckner hat eine dramatische Wendung genommen. Die Entführung der Kinder wurde soeben bestätigt.« Die Kamera schwenkte zu Enzinger. Sein breites Lächeln wechselte in betroffene Trauer. Sein Auftritt war bis ins Kleinste geplant.

»Bei mir steht Felix Enzinger, Hotelbesitzer und Philanthrop. Herr Enzinger, wie wir soeben erfahren haben, sind Sie gekommen, um Herrn Bruckner und seiner Frau das Lösegeld zu übergeben. Ist das nicht eher die Aufgabe der Landesregierung?«

»Das finde ich auch, Herr Buchweiser. Aber bisher hat noch niemand im Landtag einen Finger für den armen Mann und seine Frau gekrümmt. Die Familie hat nicht die Mittel. Also möchte ich einspringen.«

»Dann ist das Geld von Ihnen?«

»Ja, es ist mein Privatgeld. Herr Bruckner ist, wie ich, in

der VÖ, Vorwärts Österreich, engagiert. Bei uns hilft man sich, ist man für einander da. Während sich bei den alteingesessenen Parteien die Krähen gegenseitig die Augen aushacken, stehen wir hinter unseren Leuten. Dass der Mann Opfer eines Verbrechens geworden ist, zeigt, mit welchen unfairen Mitteln gekämpft wird, um uns mundtot zu machen.«

»Heißt das, Bertram Bruckner wird gezwungen, sein Amt niederzulegen, bevor er es angetreten hat?«

»So würde ich das nicht ausdrücken, Herr Buchweiser. Die Wahlen finden erst in ein paar Wochen statt. Doch es zeigt, wie unsicher unsere Gegner geworden sind. Es wird Zeit für ehrliche, hart arbeitende Volksvertreter. Und so eine Entführung wird uns nicht zurückwerfen. Im Gegenteil! Ihr werdet uns nicht daran hindern, Österreich wieder zur Nummer eins in Europa zu machen!«, rief er in die Kamera.

Luis und die anderen standen fassungslos vor dem Fernsehgerät. Die zweite Liveübertragung von der Postalm war noch unglaublicher als die erste. Bevor irgendjemand sagen konnte, ob es tatsächlich eine Entführung war, stand ein Parteifreund vor dem Gebäude, winkte mit dem Lösegeld. Seine Aussagen waren pure Wahlwerbung.

»Was jetzt?«, wollte er von Steffen Hübner wissen. »Was ist, wenn er den Lienbachhof betreten will? Was machen wir, wenn er einen Kameramann mitbringt? Wir können sie wohl schlecht abweisen. Dann bricht die Hölle los.«

»Sie haben recht, Herr Mannbarth, das wäre ein Desaster. Das können wir uns nicht erlauben. Um die Medien werden Sie sich selbst kümmern müssen. Ich werde in das Hinterzimmer gehen und den weiteren Ablauf mit unserem Verdächtigen besprechen.« Seine Uhr zeigte 13:20 Uhr. Viereinhalb Stunden, bis er zurück in die Postalm Lodge gehen würde. Er brauchte seinen Urlaub dringend.

Anna Tanzberger kam zu ihnen.

»So, die Helfer sind wieder unterwegs. Der Hang am Gschlössl und die umliegenden Gebiete sind durchsucht. Keine Spur. Der Mann von der Bergwacht hat eine neue Einteilung vorgenommen. Bis zur Dämmerung werden sie den gesamten Bereich am Stroblerlift absuchen. Was tun wir, wenn die Kinder auch dann nicht auftauchen?«

»Was meinen Sie, Frau Tanzberger?«

»Wir drei sind uns einig, es gab keine Entführung. Sollte die Suchaktion jedoch nach 20 Stunden mit 150 Leuten nichts bringen, wird man uns vierteilen, weil wir der Sache nicht nachgegangen sind. Was machen wir dann? In nicht einmal 3 Stunden wird es dunkel, die Helfer werden abziehen. Der Mutter können wir nicht noch mehr Tabletten geben. Ich bin am Ende mit meinem Latein. Haben Sie einen Vorschlag, Herr Hübner?«

»Nein. Alles was mir einfällt, ist illegal. Und es würde die Kinder nicht zurückbringen.«

Kapitel 6

Amana und Mareen saßen neben Thomas. Adil, Amanas Mann, wechselte die Verbände.

»Warum seid ihr zu uns gekommen?«

»Wir konnten nicht bleiben, wo wir waren. Es war schrecklich. Das Einzige, was mir einfiel, war in deine Heimat Österreich zu gehen. Ich habe hier studiert, musst du wissen. Ich bin Ingenieurin, entwickle Sachen, die verzwickt sind.«

»Kannst du deshalb so gut Deutsch?«

»Ja, meine Kleine. Sonst hätte ich die Lehrer auf der Universität nicht verstehen und nichts lernen können. Eure Sprache ist nicht leicht, aber ich liebe sie. Und euren Dialekt. Ein paar Worte kann ich sogar noch.«

»Was denn?«

»Griaß enk, Brotzeit, sogar fluchen kann ich. Aber das machen wir jetzt nicht. Oder?«

Mareen lachte. Statt nur den Kopf hin und her zu bewegen, schüttelte sie zur Verneinung ihren Oberkörper, begleitet von einem lang gezogenen »Neee.«

Thomas stöhnte auf. Obwohl er nicht bei Besinnung war, fühlte er beim Wechseln der Bandagen Schmerzen. Das Mädchen und die Frau sahen Adil besorgt an. Er war Arzt, das hatte er der Kleinen erzählt. Dennoch beunruhigte sie Tommys Reaktion.

Der Brummbär blickte die beiden freundlich an. »Du brauchst keine Angst zu haben, Kind.« Seine tiefe Stimme ließ Mareens Zwerchfell vibrieren. Es kitzelte. »Dein Bruder wird wieder. Er braucht nur Ruhe.«

Auch wenn die Laute, die Tommy von sich gab, etwas anderes behaupteten, glaubte Mareen dem Mann. Er war nett, hilfsbereit, und er gehörte zu Amana. Als ob jemand auf den Play-Knopf gedrückt hätte, sprudelten neue Fragen aus ihr heraus.

»Ist Adil auch hier zur Schule gegangen?«

»Nein, er hat in Deutschland studiert, in München. Er

sagt, es war seine schönste Zeit. Die Menschen sind so gastfreundlich gewesen.«

»Warum seit ihr nicht da hingegangen?«

»Das konnten wir nicht, Mareen. Die Grenzen sind dichtgemacht worden. Es gab keine Möglichkeit, weiterzuziehen.« Einen kurzen Moment stockte Amana. Sie schaute ihren Mann an, dann das Mädchen. »Ich wollte gern hierbleiben. Die Menschen waren so nett, auch meine Studienzeit war schön. Ich bin in Wien zur Schule gegangen. Ihr habt eine prächtige Hauptstadt.«

»Hast du Freunde in Wien?«

»Ja, viele. Ich habe immer noch Kontakt zu den meisten. Manche haben uns sogar eingeladen, zu ihnen zu kommen, als der Krieg begonnen hatte.«

»Warum seid ihr nicht hingegangen? Freunde zu haben, ist doch toll.«

Amana musste heftig schlucken. Die Frage war ein harter Brocken. Dem Kind zu sagen, dass sie nicht hingehen durften, wo sie willkommen waren, brachte sie nicht über die Lippen. Die Kleine brauchte noch nicht zu wissen, wie sehr sich das Leben in den letzten Jahren verändert hatte. Vor der Angst vor Fremden waren selbst Entscheidungsträger nicht gefeit.

In der Flüchtlingsunterkunft hatten sie und ihr Mann regelmäßig Zeitung lesen können. Ein Asylant, der Lebensmittel oder ein Handy gestohlen hatte, schaffte es auf die Titelseite. Betrügereien in Millionenhöhe rangierten unter ferner liefen. Das Geschäft mit der Furcht erzielte hohe Auflagen. Das kannte sie aus ihrer Heimat.

Doch auch Adil und Amana hatten Angst, trauten sich kaum, vor die Tür zu gehen. Die Blicke der Leute taten ihnen beinahe körperlich weh. Die Streitereien und Übergriffe in der Unterkunft waren schrecklich. Sie und ihr Mann waren zwei von nur vier Christen der 101 Bewohner.

All das konnte, wollte sie ihr nicht sagen.

»Wir werden sie besuchen, wenn das alles vorbei ist. So

lange werden wir noch warten müssen.«

»Und wo wohnt ihr jetzt?«

»Nirgendwo, meine Kleine.«

Steffen Hübner betrat das Hinterzimmer des Lienbachhofs. Bruckner lag mit geschlossenen Augen auf dem Bett, hatte die Wolldecke über seine Beine gelegt.

»Verzeihen Sie.« Er richtete sich schwerfällig auf. »Die Sache nimmt mich so sehr mit, dass ich mich einen Augenblick hinlegen musste. Ich habe vor Sorge die ganze Nacht nicht geschlafen. Wenn die Kinder nur wieder gesund nach Hause kommen! Sie sind mein Lebensinhalt. Ohne sie wüsste ich nicht, was ich tun sollte. Wir müssen sie retten, koste es, was es wolle. Alles andere ist mir egal.«

Wäre der Inhalt des Gesagten nicht so ernst, hätte sich Steffen vor Lachen auf dem Boden geworfen. Wie konnte dieser Laienschauspieler glauben, dass ihm irgendjemand das Theater abnehmen würde. Obendrein war ›koste es, was es wolle‹ der Hohn von einem, der weiß, dass er das Geld für die fingierte Entführung nicht selbst aufbringen musste.

Was läuft in Bruckners Gehirn ab? Gratuliert er sich selbst für seine Darbietung? Hält er den Oscar in den Händen? Hübners Blick wurde leer. Er war kaum noch imstande, klar zu denken. Und das, was er dachte, durfte er nicht sagen.

»Wann will der Entführer seine Forderungen stellen, Herr Bruckner?«

»Er sagte, 15 Uhr will er mir mitteilen, wo das Geld hinterlegt werden muss. Wie viel, wissen wir ja schon seit heute Morgen.«

Bertram hatte anscheinend aufgepasst, die Finte erkannt. Steffen ärgerte sich über seinen halbherzigen Versuch, ihm eine Falle zu stellen.

»Dann haben Sie noch eine Stunde Zeit, sich auszuruhen, Herr Bruckner. Ich werde um Viertel vor drei bei Ihnen sein. Wenn Sie so nett wären, mir Ihr Handy zu geben, können wir für den nächsten Anruf alles präparieren. So werden Sie sicher sein, dass wir alles Menschenmögliche getan haben, um Ihre geliebten Kinder zurückzubringen.«

Nun saß Bertram in der Zwickmühle. Einerseits wollte er sein Telefon behalten, Frank könnte noch einmal anrufen. Andererseits würde die Fassade des treu sorgenden Stiefvaters bröckeln, sollte er es nicht herausrücken. Widerwillig überreichte er es ihm.

Dorothee Gschwandner lag auf einer Krankenbahre. Ein Arzt kümmerte sich um sie. Nach Stunden des Wartens, der Hoffnung und Enttäuschung hatte ihr Kreislauf versagt. Kurz, nachdem die ersten Freiwilligen von der zweiten Hilfsaktion am Nachmittag ohne Neuigkeiten zurückgekehrt waren, war sie zusammengebrochen.

»Hoffentlich kriegt sie das hin«, murmelte Luis, der am Notarzt vorbei durch das Fenster die Menschenmenge beobachtete. Anna ließ sich von den TV-Reportern interviewen. Er konnte ihre Anspannung erkennen, ihren versteiften Rücken, die zusammengekniffenen Pobacken. Keiner der Medienvertreter würde das bemerken. Seine Freundin war ein Profi durch und durch. Der laufende Fernseher lieferte ihm den Ton. Sein Ausblick war liver als live.

»Was gedenkt die Polizei, zu unternehmen, Frau Tanzberger? Verraten Sie uns, welche Maßnahmen ergriffen wurden, um den Erpresser und Entführer dingfest zu machen?«

Anna lächelte in die Kamera. »Ich nehme an, dass Ihre Frage nicht ernst gemeint ist. Warum sollte Sie die Polizei über die nächsten Schritte ihrer Ermittlung informieren? Ich dachte, Sie wären ebenso am Wohlbefinden der Kinder interessiert wie wir. Wir sollten den, der dahintersteckt, nicht schlauer machen, als er ist, oder?«

»Gut so! Zeig's ihnen, Süße!«, feuerte ihr Freund sie an. Ein paar der Anwesenden sahen zu ihm hinüber.

Ein anderer Reporter drängte sich in die erste Reihe. Luis erkannte ihn sofort, Anna auch. Mit Spiralblock und Bleistift bewaffnet, nutzte er die Verwirrung der Fernsehleute.

»Frau Tanzberger, Ben Salzinger vom Express. Wie Sie bereits sagten, wurde das Telefonat anonym getätigt. Meine Frage ist: Besteht die Möglichkeit, den Anrufer trotzdem zu identifizieren?« Ben starrte ihr förmlich in die Augen. Während die Kameras auf sie gerichtet waren, zwinkerte er ihr zweimal unauffällig zu.

Anna war von Salzingers Vorstoß überrascht. Luis ebenso. Hätte er dem Journalisten antworten müssen, hätte er sicher zu stottern begonnen.

Seine Freundin blieb souverän. Obwohl es einen Moment dauerte, bis sie begriff, wirkte ihre Pause natürlich. Eine vorschnelle Antwort wäre ein gefundenes Fressen für die Meute. »Vielen Dank für die Frage, Herr Salzinger. Leider muss ich auch hier passen. Ich kann keine Details zu dem Fall preisgeben, ohne die Kinder in Gefahr zu bringen.« Nun musste sie einen guten Abgang finden. »Lassen Sie uns bitte das Interview an dieser Stelle beenden. Es liegt noch viel Arbeit vor uns, jeder wird gebraucht. Sollte sich etwas Neues ergeben, werden Sie selbstverständlich informiert. Ich danke Ihnen.«

Die Lichter auf den Kameras wurden ausgeschaltet, alle machten sich auf den Weg zu ihren Übertragungswagen. Nur Salzinger blieb zurück. Anna sprach ein tonloses »Danke« in seine Richtung, lief vorsichtig auf dem rutschigen Pfad zum Eingang des Lienbachhofs.

Als sie den warmen Gastraum betrat, sah sie ihren Freund telefonieren. Sie stellte sich neben ihn.

»Jawohl, Herr Oberst, Frau Tanzberger kommt gerade an. Ich gebe Sie weiter … Danke, wir tun unser Bestes.« Luis übergab ihr sein Handy.

»Herr Oberst, ich hatte keine Chance, das Interview zu verhindern. Die Reporter hätten andernfalls den Gasthof gestürmt. Ich weiß, ich hätte das nicht tun sollen, aber ...«

»Können Sie für einen Moment schweigen, Frau Tanzberger? Bitte.«

Anna hörte sofort auf, zu reden. Stocksteif erwartete sie eine Rüge oder ihre Entlassung.

»Ich habe Ihre provisorische Pressekonferenz verfolgt. Sie haben sich tapfer geschlagen. Zum Glück weiß außer uns dreien keiner, dass Sie im Urlaub sind. Der ist übrigens hiermit gestrichen. Ab jetzt sind Sie dienstlich vor Ort. Entführung und Erpressung machen es möglich. Dieser Reporter, der letzte, mit dem Sie gesprochen haben, ist ein pfiffiges Kerlchen. Er hat vor einer Viertelstunde mit Dr. Brenninger telefoniert. Hat unserem Chefforensiker plausibel erklären können, dass er mit Ihnen zusammenarbeitet. Eine weise Entscheidung, Frau Tanzberger.

Brenninger hat ihm versichert, dass es seit 1998 keine Möglichkeit mehr gibt, mit dem Handy anonym zu telefonieren. Es werden immer, ich wiederhole, immer Daten zur eindeutigen Identifizierung mitgesendet. Dieser Journalist hat die einzige Chance, Sie darauf hinzuweisen, genutzt. Setzen Sie sich umgehend mit der Spurensicherung in Verbindung. Ich will, dass Sie die Mistkerle schnappen. Leutnant Linz ist auf dem Weg zu Ihnen. Er soll den Druck von Ihrer beider Schultern nehmen.«

Anna war sprachlos, was zugegebenermaßen nicht oft vorkam. Sie brauchte ein paar Atemzüge, um sich zu fassen.

»Danke, Herr Oberst, das ist ...«

»Ja, ja, lassen wir das.«

»Danke«, wiederholte sie. »Es gibt allerdings etwas, dass außer Luis, mir und Ben Salzinger, dem Reporter vom Express, keiner weiß. Ich glaube nicht, dass es tatsächlich um eine Entführung geht. Im Interview habe ich gesagt, wir werden von einem Spezialisten unterstützt. Das ist die Wahrheit, Herr Oberst. Zum Zeitpunkt, als Bertram

Bruckner den besagten Anruf erhielt, saß ein Ehepaar in der Gaststätte. Der Mann ist Mitarbeiter vom deutschen BKA und auf Entführungsfälle spezialisiert. Er hat sich nach einem Anstoß von seiner Frau freiwillig mit Bruckner unterhalten. Er meint, Entführung und Erpressung sind fingiert. Das würde allerdings nicht ausschließen, dass Bruckner und der Anrufer Komplizen sind und die Kinder in ihrer Gewalt haben.«

»Das mit dem Spezialisten ist echt?« Hämmerle schüttelte den Kopf.

»In unserer Zunft glaubt man kaum an Zufälle, Herr Oberst. Aber dies war einer und zudem ein glücklicher. Steffen Hübner, so heißt der Beamte, ist eine enorme Hilfe. Er meint auch, die Geschichte war ungeplant. Bruckner benutzt das Verschwinden der Kinder, um seine politische Karriere anzukurbeln. Wir alle sind dieser Meinung.«

»Wer ist alle? Herr Mannbarth, der Kollege aus Deutschland und Sie?«

»Stimmt genau. Es gibt diverse Anzeichen dafür. Es würde zu lange dauern, das am Telefon zu erklären, Herr Oberst. Sie müssen mir da schon vertrauen.«

»Tue ich das nicht bereits? Setzen Sie alle Hebel in Bewegung, mobilisieren Sie jeden, den Sie für nötig erachten. Wenn es sein muss, komme ich persönlich, nehme Ihnen die Pressearbeit ab.«

»Vielen Dank für das Angebot, Herr Oberst, ich werde mich melden.«

»Und grüßen Sie den Herrn aus Deutschland unbekannterweise.«

Anna gab Luis das Telefon zurück, wählte mit einer Schnellwahltaste auf ihrem eigenen Handy Dr. Georg Brenninger an.

»Servus, Anna, ich habe deinen Anruf erwartet.«

»Grüß dich, Georg. Hat Salzinger recht? Gibt es wirklich eine Möglichkeit, den Anrufer zu identifizieren? Bin ich so dämlich, dass ich daran nicht gedacht habe?«

»Also, so würde ich das nicht ausdrücken. Ich glaube, in der Dienststelle bin ich der Einzige, der das wusste. Nicht einmal der Oberst hatte Kenntnis davon. Es ist ein wohlgehütetes Geheimnis. Um deine Frage zu beantworten: Ja, es ist sogar sehr einfach. Ich brauche das Handy, dann geht alles relativ schnell.«

»Kannst du das vor Ort erledigen, Georg? Die Zeit drängt.«

Sie hörte ein Rauschen und zwei Personen lachen. Der Mithörer war ihr Partner, Leutnant Willi Linz.

»Ihr seid schon auf dem Weg? Ich weiß nicht, was ich sagen soll.«

»Na dann werfe schon immer mal die Kaffeemaschine an! Wir sind von der Autobahn runter. Wenn die Postalmstraße geräumt ist, brauchen wir noch eine halbe Stunde bis zu dir. Alles Weitere erkläre ich dir, wenn wir da sind. Gibt es bei euch Internet?«

»Internet schon, aber grottenlangsam. Ich selbst habe es mit dem Handy und Google versucht, dauert ewig, funktioniert aber.«

»Okay, Anna, bis gleich«, hörte sie Willi sagen. Georg legte auf.

Kaum war das Gespräch beendet, hastete sie mit Luis zu Steffen Hübner.

Der saß niedergeschlagen in einer Ecke. Nichts gegen diesen Lügner unternehmen zu können, nagte an ihm.

Eigentlich wollte Anna Steffen in Ruhe lassen. Doch die Neuigkeiten konnte sie ihm nicht vorenthalten. Er gehörte schließlich zu ihrem Team. Und er hatte sie bitter nötig.

Sie nahm einen Stuhl, drehte ihn um, setzte sich breitbeinig darauf, stützte die Arme auf die Rückenlehne. »Möchten Sie zur Abwechslung einmal etwas Positives hören?« Rhetorik hin oder her, allein die Frage änderte seine Haltung.

»Ich habe zwei Telefonate geführt. Eins mit meinem Chef, ich soll Sie von ihm grüßen. Ein weiteres mit unserem Leiter der Spurensicherung. Er und mein Partner werden gleich hier sein, um uns unter die Arme zu greifen. Was er dabei hat, wird uns helfen, die Schwindler zu entlarven. Wussten Sie, dass es möglich ist, den Anrufer eindeutig zu identifizieren? Selbst wenn er anonym anruft?«

Nein, Hübner hatte keine Ahnung von den technischen Möglichkeiten ihrer Branche. Das war nicht Teil seiner Arbeit. Solche Dinge wurden ihm vorenthalten. Er war eingestellt worden, um festzustellen, ob eine Entführung echt war oder nicht. Ob die Entführten Opfer ihrer Familie, Kollegen oder Freunde geworden waren. Ein kräftezehrender Beruf, der ihn oft über das Erträgliche hinaus beanspruchte. Für einen kurzen Moment sah es, aus als müsste Steffen weinen.

Anna redete weiter, um ihn nicht in Verlegenheit zu bringen. »Inzwischen ist mein Urlaub gestrichen. Aus der Entführung beziehungsweise Erpressung ist eine offizielle Ermittlung des LKA geworden. Mein Chef, Oberst Hämmerle, hat mir jede Hilfe zugesichert, die wir brauchen. Er hat sogar angeboten, selbst hierherzukommen, falls ich mit der Presse nicht zurechtkomme.

Sobald mein Kollege und Partner Leutnant Willi Linz hier ist, sollten wir einen Schlachtplan entwerfen, der uns hilft, die Hintermänner bloßzustellen. Es kann nicht sein, dass diese Leute auf dem Rücken der verschwundenen und vielleicht schon toten Kinder ihre Karrieren aufpäppeln wollen.«

»Gute Nachrichten.« Hübner, wischte sich mit dem Handrücken über die Augen. »Wir haben also wenigstens die Chance, den Betrug aufzuklären. Aber die Kinder bringt es uns nicht zurück. Ich selbst habe drei Jungs, kann mich gut in die Situation der Mutter hineinversetzen. Was ist eigentlich mit dem leiblichen Vater?«

»Das war eine der ersten Sachen, die ich überprüft habe, Herr Hübner«, antwortete Luis. »Ich glaube nicht, dass er damit zu tun hat. Er fährt zur See. Nach der Trennung von Frau und Kindern hat er auf einem Containerschiff angeheuert. Zurzeit befindet er sich auf dem Pazifischen Ozean zwischen Australien und Indonesien. Ich habe persönlich mit der Reederei gesprochen. Er war seit Monaten nicht mehr in Österreich.«

»Gut, eine Sorge weniger. Müssen wir ihn verständigen?«

»Das hat mich der Mitarbeiter der Firma auch gefragt. Ich habe die Frage bejaht.«

Hübner nickte. Irgendwie sah er erleichtert aus. Zu oft war es einer der Ehepartner, der sich so am anderen rächen wollte – zulasten der Kinder.

»Und weil wir bei den guten Nachrichten sind, Herr Hübner. Kennen Sie die 1000-Meter-Regel?«

Er blickte Anna verständnislos an.

»Sie besagt, dass man sich über 1000 Meter über Seehöhe duzt. Der Lienbachhof liegt eindeutig darüber. Mein Vorname ist Anna.« Sie reichte ihm die Hand.

»Okay, ich bin Steffen«, erwiderte er.

»Luis«, schloss sich der junge Mannbarth an.

»Mir ist so furchtbar kalt«, hörte Mareen ihren Bruder klagen. Er war zu sich gekommen. Sofort warf sie sich auf ihn, umarmte das Bisschen seines Oberkörpers, das nicht unter den Decken und Fellen lag.

»Da bist du ja wieder, Tommy!«, rief sie so fröhlich aus, dass es ihm die wiedergewonnene Sprache verschlug. Die Herzlichkeit seiner Schwester war überwältigend.

»Langsam Mareen, du erdrückst mich ja! Wo sind wir? Wieso kann ich mich nicht bewegen?«

Adils tiefe Stimme ließ ihn zusammenzucken. Ein wenig panisch schaute er Mareen an.

»Du brauchst keine Angst zu, haben Tommy. Das ist Adil. Er ist Arzt und kümmert sich um dich. Weißt du, da, wo er und seine Frau Amana herkommen, ist Krieg. Ich bin so froh, dass sie hier sind! Sie haben uns gerettet.«

Er versuchte, sich aufzurichten. Ein Schmerzensschrei entfuhr ihm. Er biss die Zähne zusammen, kniff die Augen fest zu.

»Du musst ruhig liegen bleiben, Thomas«, sagte Adil, legte ihm ein frisches kühlendes Tuch auf die Stirn. »Dein Bein ist verletzt, deine linke Schulter war ausgerenkt, und du hast eine Gehirnerschütterung. Damit ist nicht zu spaßen. Du musst liegen bleiben und dich erholen. Später bekommst du einen warmen Tee.«

»Wir machen dann Feuer. Vielleicht kann ich eine heiße Suppe für uns kochen«, fügte seine Schwester hinzu. »Du wirst sehen, bald geht es dir besser. Ich kann auch schon wieder rumhüpfen. Ich hab dich so lieb, Tommy! Alles wird gut.«

Wie auf Befehl schloss er seine Augen. Der Schlaf kehrte augenblicklich zurück. Mareen schaute zwischen Amana und Adil hin und her. Ihre Frage war deutlich zu verstehen.

»Ja, meine Kleine«, antwortete Amana, »alles wird wieder gut.«

Willi Linz und Dr. Brenninger liefen an den Fernsehleuten vorbei, ohne einen Kommentar abzugeben. Den Leutnant kannten sie bereits von diversen Pressekonferenzen des LKA. Georg, der einen britischen Filzhut trug, erkannten sie nicht. Er amüsierte sich köstlich darüber. Als sie die halb gefüllte Gaststätte betraten, waren sie über und über mit kleinen weißen Schneeflocken bedeckt.

Willi schüttelte sich. »Was für ein Sauwetter«, sagte er lächelnd. Er hielt einen großen Kunststoffkoffer in der Hand.

Georg, ein eher kleiner, sehniger Mann Ende dreißig mit blondem Haarschopf und zu groß geratener Nase, trug den zweiten. Der Leiter der Kriminaltechnik des LKA baute ohne langes Geplänkel sein Equipment auf. Er sah zuversichtlich aus, gab allen Anwesenden das Gefühl, dass der entscheidende Durchbruch kurz bevorstand.

Linz, ein attraktiver, schlanker Endzwanziger mit schwarzem, modisch geschnittenen Haar und grünen Augen war wie stets äußerst gepflegt und elegant gekleidet. Er setzte sich mit Anna und Hübner zusammen. Nachdem sie sich vorgestellt hatten, berichtete er über die nächsten Schritte, die er unterwegs mit Brenninger besprochen hatte. »Georg hat mich auf der Fahrt eingeweiht. Er bittet uns, nein, er verlangt von uns, dass wir über das, was er gleich tun wird, nichts an die Medien weitergeben. Es ist sein Trumpf im Ärmel. Wir werden ihn ausspielen, sobald sich die Gelegenheit ergibt.«

»Das ist gut zu hören, Leutnant Linz, aber um was genau handelt es sich? Muss der Anrufer eine bestimmte Zeit am Telefon bleiben? Brauchen wir ein Stimmmuster?«

»Willi hob eine Augenbraue, fragte Anna: »Hast du ihm die 1000 ...«

»Gerade eben erst«, unterbrach sie ihn. »Steffen muss sich noch daran gewöhnen.« Sie lächelte Hübner an.

»Okay, Steffen«, fuhr Linz fort, »Es stimmt doch, dass du stets nur mit den Opfern und den Tätern sprichst.«

Hübner nickte.

»Bei uns ist es ähnlich. Von den technischen Abläufen im Hintergrund bekommen wir meist nichts mit. Georg musste mir den Vorgang auch erklären. Eigentlich ist es simpel. Von jedem Telefonapparat, ob analog, digital oder aus dem Mobilnetz, werden sogenannte Verkehrsdaten gesendet. CLIP heißt dieser Dienst. Den gibt es seit über 25 Jahren. Niemand kann seither wirklich anonym telefonieren. Es braucht auch keine längere Gesprächsdauer. Georg meint, dass mit dem Zustandekommen der Verbindung die CLIP Daten direkt zur Verfügung stehen.«

»Dann brauchen wir die Zustimmung des Mobilfunkanbieters«, warf Anna ein.

»Zustimmung ist nicht das richtige Wort, wenn man einen Gerichtsbeschluss hat. Der wurde uns telefonisch übermittelt, liegt dem Chef in schriftlicher Form vor. Ein neuer Rekord Dank deiner improvisierten Pressekonferenz. Der Richter war prompt einverstanden. Der Staatsanwalt ist derselbe, der uns auch bei Wiesinger und Wolf geholfen hat.«

»Dann sind wir abgesichert Herr ... Willi?«

»Ja, Steffen, alles entspricht den gesetzlichen Vorgaben. Der Oberst hat mir gesagt, es muss alles, wirklich alles den Bestimmungen entsprechen. Wenn wir irgendetwas falsch machen, werden uns diese angeblichen Politiker durch den Fleischwolf drehen. Das sollten wir tunlichst vermeiden.«

»Vor allem, wenn sie in die Sache verstrickt sind.«

Bertram Bruckner schritt seit einigen Minuten im Hinterzimmer auf und ab, ließ die Tür nicht aus den Augen. Er fühlte sich unwohl. Dass der Berater der Polizei sein Telefon mitgenommen hatte, behagte ihm absolut nicht. *Jetzt haben die Schantinger alle persönlichen Daten von mir, inklusive alter Fotos. Auch die E-Mails könnten mir schaden.* »Warum war ich nur so dämlich, und habe denen das Gerät überlassen«, schalt er sich. »Die können mich locker fertigmachen. Was ist, wenn Frank anruft und nicht mich am Apparat hat?« Je mehr Fragen er sich stellte, die er nicht beantworten konnte, je nervöser wurde er.

Um Viertel vor drei schwang die Tür auf. Ein lächelnder, überaus freundlicher Hübner kam herein. *Der ist ja wie ausgewechselt,* schoss es Bertram durch den Kopf. *Was hat er nur in meinem Handy entdeckt?*

»Kommen Sie, Herr Bruckner, es ist gleich so weit. Dann haben wir die Sache endlich hinter uns und können uns um die Geldübergabe kümmern. Freuen Sie sich darauf, Ihre Kinder wiederzusehen?«

Schon wieder eine Frage, die ich nur mit Ja oder Nein beantworten kann, ärgerte sich Bertram. Er mochte den Polizisten mit jeder Minute weniger. *Sein Lächeln ist nur Fassade. Dahinter wartet ein Raubtier auf sein Opfer.* Wortlos ging er in den Schankraum. Dort wurde er von Anna und

Georg empfangen.

Auf dem Tisch vor dem Mann mit der markanten Nase, der sich als Dr. Brenninger vorstellte, lagen zwei geöffnete Hartschalenkoffer mit technischer Apparatur. Ein Bildschirm, kaum größer als ein Handteller, viele Drähte, die sich zu einem Stecker vereinten und mit seinem Mobiltelefon verbunden waren. Der Forensiker bat ihn, sich zu setzen.

»Herr Bruckner, alles ist vorbereitet. Sobald der Erpresser anruft, werden wir die Aufnahme starten. Mittels einer Stimmanalyse können wir ihn wahrscheinlich identifizieren. Ich werde Ihnen jetzt erklären, wie das Gespräch verlaufen muss.«

»Ich weiß, wie das geht, ich schaue Fernsehen. Ich muss versuchen, den Mann so lange wie möglich in eine Unterhaltung zu verwickeln, dann können Sie die Nummer verfolgen.«

»Ähm ... Nein. Wie ich von meinen Kollegen erfahren habe, gab es keine Rufnummernerkennung. Wozu sollte ein langes Gespräch nützlich sein, wenn die Nummer nicht angezeigt wird? Ist auch egal. Hören Sie mir bitte zu. Sie entsperren zuerst Ihr Telefon. Dann kann ich eine kleine Software aufspielen, die das Telefonat aufnimmt. Das ist so deutlich, dass wir jede Kleinigkeit herausfiltern können. Sie werden dem Anrufer nur das sagen, was Herr Hübner Ihnen erklärt hat. Sie melden sich mit Ihrem Namen, lassen die Person aussprechen. Durch die Software kann ich mithören, kann Ihnen Hinweise geben, was Sie wann sagen sollen. Stellen Sie keine schwierigen Fragen. Ein Lebenszeichen der Kinder ist das wichtigste. Haben Sie das verstanden?«

Bertram hatte diese Art der Befragung reichlich satt. Am liebsten hätte er Nein gesagt. Aber die Aufforderung, sein Handy zu entsperren, versetzte ihn in ein Hochgefühl. *Was hätte alles passieren können, wenn sie Zugriff auf meine Daten gehabt hätten? Nach Franks Anruf gebe ich mein Mobiltelefon nicht mehr aus der Hand,* nahm er sich vor. »Natürlich habe ich verstanden, Herr Doktor. Ich und Herr Hübner besprechen das seit Stunden. Nur was ich tun soll, wenn ich kein Lebenszeichen bekomme, hat mir noch keiner erklärt.« Er sah Steffen vorwurfsvoll an. »Soll ich dann sagen, dass ich nicht bezahle?«

»Sollten Sie kein Lebenszeichen Ihrer Kinder erhalten, liegt es an Ihnen, ob Sie zahlen wollen oder nicht«, erwiderte Hübner ruhig.

»Das Geld ist eine Art Spende von einem Ihrer Parteifreunde, wie ich gehört habe«, übernahm Georg. »Ich kann Ihnen nicht untersagen, zur Übergabe zu gehen. Aber es wäre töricht, wenn Sie es täten.«

Bruckner sah Licht am Ende des Tunnels. Dass er derjenige war, der das letzte Wort zur Übergabe des Geldes hatte, erleichterte ihn. Das hätte der Knackpunkt in ihrem Plan sein können. Er war bereit. Bereit, seiner politischen Karriere den Kick zu geben, der ihn direkt in den Landtag beförderte.

Während alle Anwesenden auf die Uhr schauten, es war nach 15 Uhr, formierte sich vor dem Gebäude ein halbes Dutzend Fernsehsender. Die Kameras wurden eingeschaltet, das Licht der Scheinwerfer verbreitete eine kalte Atmosphäre. Der fallende Schnee verwandelte die Szene in einen grellen Ball aus weißen Flocken. Es sah gespenstisch aus.

Endlich klingelte Bruckners Handy.

»Bertram Bruckner«, meldete er sich weisungsgemäß. Die Pause nach seinem Namen kam ihm unendlich lange vor.

Der Anrufer antwortete mit verstellter Stimme. »Haben du das Geld? Kinder sonst tot.«

Dieser verdammte Mistkerl! Der denkt auch an alles, bewunderte Bertram seinen Freund in Gedanken. *Sich als Ausländer darzustellen, treibt die Entführung auf die Spitze. Ich, Bertram Bruckner, zukünftiger Abgeordneter im Salzburger*

Landtag, werde als großer Sieger aus der Sache hervorgehen. Scheiß auf die Kinder! »Ja, ich habe das Geld. 100.000 €, wie vereinbart. Was soll ich jetzt machen?«

»Du nehmen Geld, fahren nach Bad Ischl. 5 Uhr. Nehme Telefon mit, ich wieder anrufen. Kapiert?«

»Ja, natürlich. Richtung Bad Ischl, Sie rufen wieder an. Ich will ein Lebenszeichen von den Kindern. Sofort!«

»Du nix fragen. Sonst tot. Alle tot. Du auch tot. 5 Uhr kapiert?«

Bruckner konnte nicht mehr antworten, die Verbindung war unterbrochen.

Georg drehte den Kopf in Annas Richtung. Unmerklich, für keinen anderen sichtbar, hob er eine Augenbraue. Er hatte, was sie brauchten.

Willi hatte das Gespräch verfolgt. Nun kam es auf die richtigen Worte an. Bevor seine Partnerin loslegen konnte, sprach er Bertram Bruckner an. »Das haben Sie gut gemacht, Herr Bruckner! Sie haben wenigstens versucht, das Beste herauszuholen. Ich glaube fest, es wird gut enden.«

»Ja, meinen Sie, ich war gut?« In Bertrams Stimme schwang Stolz mit. »Aber ich habe kein Lebenszeichen bekommen. Ist das schlimm? Sie haben wahrscheinlich mehr Erfahrung in solchen Sachen.«

»Natürlich wäre ein Lebenszeichen besser gewesen. Aber so aufgeregt, wie der Anrufer war, war es richtig, nicht weiter auf den Beweis zu drängen. Sie haben gut gehandelt. Respekt.« Willi hatte schwer zu kämpfen, nicht loszulachen. Bruckner war genauso, wie Anna und Luis ihn beschrieben hatten. Um den Anschein zu wahren, drehte er sich zu Georg um. »Nun, Herr Dr. Brenninger, reicht das kurze Gespräch für eine Analyse?«

»Schwer zu sagen, Herr Leutnant, das Telefonat war nicht besonders lang. Zudem hat der Anrufer wenig gesagt. Bisher konnte ich nur feststellen, dass es sich wahrscheinlich um einen Ausländer handelt. Ich tippe auf einen Osteuropäer. Genaueres werde ich erst nach der Analyse sagen können. Auf jeden Fall würde ich den Erpresser ernst nehmen. Das Lösegeld sollte übergeben werden.«

»Vielen Dank für Ihre Einschätzung, Herr Dr. Brenninger. Frau Revierinspektorin Tanzberger«, er wandte sich zu Anna um, »haben Sie einen Plan, wie wir die Geldübergabe absichern können?«

»Ja, Herr Leutnant. Wir statten Herrn Bruckner mit einem Peilsender aus. Sobald er das Geld abgeliefert hat, muss er nur auf einen Knopf drücken. Dann wissen wir, wo sich er und das Geld befinden. Herr Hübner ist der gleichen Meinung. Wir dürfen die Kinder nicht gefährden.«

Willi bemerkte, dass nicht nur er Probleme hatte, ernst zu bleiben. Anna und Georg hatten sichtlich Spaß an der Posse. Sie durften es jedoch nicht übertreiben. Auf der anderen Seite der Fensterfront wurden sie von den Kameras beobachtet. Ein Zucken im Gesicht, eine zu entspannte Mimik könnte das Vorhaben in letzter Sekunde aufhalten. Er fing an, die Leute einzuteilen.

»Herr Mannbarth, sorgen Sie dafür, dass die zurückkehrenden Helfer versorgt werden. Sperren Sie den Teil der Gastwirtschaft ab, in dem wir uns befinden. Wir sollten nicht gestört werden. Wissen Sie, wie es der Mutter geht?«

»Frau Dorothee Gschwandner wird im Rettungswagen medizinisch versorgt. Ein Arzt und ein Sanitäter sind bei ihr.«

»Das ist gut. Sie hätte uns in unserer Arbeit behindern können. Frau Tanzberger, Ihre Arbeit mit der Presse war hervorragend. Bitte übernehmen Sie weiterhin diesen Teil der Aufgabe. Aber keine Einzelheiten über den Anrufer. Vermeiden Sie auch Informationen zu seiner Herkunft. Nun zu Ihnen, Herr Hübner. Wären Sie so freundlich, Herrn Bruckner im Hinterzimmer auf die Übergabe vorzubereiten? Hier wird gleich so viel los sein, dass er sich schwerlich konzentrieren kann.«

Steffen stand zackig auf. Die Salzburger Beamten hatten ihn eingeweiht. Sein Teil des Schauspiels würde hinter verschlossenen Türen stattfinden.

»Kommen Sie bitte, Herr Bruckner.« Er bedeutete seinem Gesprächspartner mit einer Geste, voranzugehen. »Wir sollten sofort beginnen.«

Kaum hatten die beiden den Raum verlassen, wandten die 4 Polizisten den Kameras den Rücken zu. Die Jagd konnte beginnen.

»Hast du alles was du brauchst, Georg«, fragte Anna leise.

»Die Identifizierung des Anrufers läuft. Aber ich habe noch viel mehr. Nachdem er sein Telefon entsperrt hatte, habe ich die Software aufgespielt. Ihr erinnert euch, ich habe es dem Kerl sogar gesagt. Allerdings war sie nicht für den Mitschnitt, sondern zum Kopieren sämtlicher Daten. Auf meinem Laptop befinden sich nun Fotos, E-Mails, Anruflisten, Bewegungsmuster. Das sind viele. Die ältesten Gespräche sind vom Jänner 2013. Wir haben eine Menge zu durchforsten. Ich werde mit einigen Schlagworten beginnen. Wenn das nichts bringt, weite ich die Suche aus. Die Fotos können wir gemeinsam sichten, aber dazu brauche ich einen anderen Platz zum Arbeiten. Die Kameras können mir über die Schulter auf dem Bildschirm schauen. Das sollten wir unbedingt vermeiden.«

Luis hob vorsichtig eine Hand. Er kam sich vor wie das fünfte Rad am Wagen.

»Ich will ja eure Pläne nicht durcheinanderwerfen. Aber hat jemand von euch das Geld schon gesehen? Bisher habe ich nur über das Fernsehen davon gehört. Sollen wir diesen Felix Enzinger hereinlassen?«

»Wie war der Name? Enzinger?«, wollte Georg wissen. »Der taucht in Bruckners Kontakten auf. Die Gesprächsnachweise zeigen vier Einträge in den letzten sechs Wochen. Allerdings hat kein Gespräch länger als eine Minute gedauert. Komisch für einen

Gesinnungsgenossen.«

»Den Mann können wir als Erpresser getrost ausschließen«, bemerkte Willi. »Bei den vielen Fernsehleuten wäre es aufgefallen, wenn er zwischendurch telefoniert hätte. Wie lange wird es dauern, bis du die Nummer hast?«

»Wenn alles glatt läuft, rund eine Stunde. Also noch bevor Bruckner losmuss. Ich setze mich dort hinten an die Wand und checke die Daten. So kann mir niemand über die Schulter schauen.«

Georg packte den Laptop, und zog um.

Luis sperrte mit Flatterband einen 3 × 3 m großen Bereich ab.

Anna ging nach draußen, trat vor die Kameras. »Ich möchte Sie darüber informieren, dass der Entführer Kontakt aufgenommen hat. Eine Geldübergabe wurde vereinbart, ein Lebenszeichen der Kinder verweigert. Ich möchte nun Herrn Enzinger zu uns bitten. Sollten Sie noch immer bereit sein, das Lösegeld für Ihren Parteifreund auszulegen, bitte ich Sie, dies jetzt zu tun. Revierinspektor Thomas Neue, das ist der Herr in Uniform dort neben dem Dienstwagen, wird Sie begleiten.« Anna wies auf Thomas, der ahnungslos das Treiben verfolgte. »Weitere Einzelheiten werden wir Ihnen zu gegebener Zeit mitteilen. Ich beantworte keine Fragen, haben Sie bitte Verständnis.«

Sofort schnatterten die Reporter wie ein Gänseschwarm auf sie ein. Doch Anna schwieg. Sie genoss es, als Einzige unter dem Vordach zu stehen, während die Medienleute den Widrigkeiten des Wetters ausgesetzt waren. Begleitet vom Beamten der Abtenauer Inspektion, betrat Felix Enzinger das Lokal. Die zwei begaben sich in den abgesperrten Bereich. In seiner Hand hielt der Hotelmogul einen bordeauxroten Lederkoffer. Das Geld war angekommen.

Kapitel 7

Der Hotelier sonnte sich in der Aufmerksamkeit, hatte in den Interviews die Werbetrommel für seine Hotels und Skianlagen gerührt. Würde alles so laufen, wie er sich das vorstellte, wäre das die beste Promotion aller Zeiten. Der Erfolg würde nicht nur die Wintersaison retten, sondern auch über den Sommer anhalten. *Ein gutes Geschäft*, ging es ihm durch den Kopf. *Wenn mir der Bertraminer nach der Wahl die Baugenehmigung auf der Postalm besorgt, lege ich 100.000 € drauf.*

Willi Linz bat Enzinger in den isolierten Bereich, achtete darauf, dass der edle Spender weiterhin von den Kameras eingefangen werden konnte. So konnte ihn der vermeintliche Erpresser in den Nachrichten sehen. Das war Teil des Plans der Beamten. Anna Tanzberger setzte sich zu ihnen.

»Dürfte ich Ihnen das Geld aushändigen, gnädige Frau?«, sprach Enzinger sie an. »Ich bin froh, wenn ich es nicht mehr selbst beaufsichtigen muss. Kann ich eine Quittung bekommen?« Er rückte näher zu ihr. *Ihre makellose Schönheit wird mir gut stehen auf den Fernsehaufnahmen*, malte er sich aus.

»Eine Quittung kann ich Ihnen nicht geben, Herr Enzinger. Da müssen Sie schon Herrn Bruckner fragen. Das Geld ist für ihn, wenn ich mich richtig erinnere«, erwiderte sie, ließ ihn nicht aus den Augen.

»Sie hat recht, Herr Enzinger«, unterstützte sie Willi. »Das Geld geht nicht an uns. Aber ich vermute, bei der Medienpräsenz werden Sie kein Problem haben, die Ausgabe in Ihrer Steuererklärung geltend zu machen. Die Mitarbeiter vom Finanzamt schauen auch Nachrichten.«

Felix Enzinger übergab Anna den Koffer. »Das will ich hoffen. Wie geht es denn jetzt weiter? Brauchen Sie mich noch?«

»Nein, eigentlich war's das. Danke, Herr Enzinger. Wir werden das Geld natürlich markieren. Ausgeben können wird es der Entführer nicht.«

Der Hotelier riss die Augen auf. »Wie bitte? Nein, das dürfen Sie nicht! Wenn der Erpresser das Geld kontrolliert und ihm dabei so eine blaue Farbpatrone um die Ohren fliegt, könnte er durchdrehen! Dann tut er den armen Kindern etwas an. Wie ich gehört habe, war eine seiner Drohungen gegen Herrn Bruckner persönlich gerichtet. Wenn Sie die 100.000 € unbrauchbar machen, gefährden Sie das Wohl der ganzen Familie!«

Anna und Willi schauten sich überrascht an. Außenstehende registrierten nicht, was zwischen ihnen ablief. Wäre Georg dabei, hätte er die Augen verdreht. Er empfand ihre Manie als gruselig. Die beiden Ermittler stellten sich im Stillen Fragen, die sie sich obendrein schweigend beantworteten. Wie Schiffe, die sich Lichtsignale gaben.

Linz reagierte gelassen auf den Ausbruch des Hoteliers: »Danke für den Hinweis, Herr Enzinger. Wir werden ihn berücksichtigen. Zudem denken wir, das Geld bei der Festnahme des Täters sicherstellen zu können. In den meisten Fällen hat der Erpresser keine Zeit, es auszugeben. Wir werden unser Bestes tun, um Ihr Hab und Gut zurückzubringen. Das verspreche ich Ihnen.« Er erhob sich, reichte ihm die Hand zum Abschied. Es wurde Zeit, dass der Hotelier die provisorische Einsatzzentrale verließ.

Willi begleitete ihn bis zum Ausgang, dann ging er mit großen Schritten zur Inhaberin der Gaststätte. Er hatte eine Idee, wie er und seine Kollegen ungestört arbeiten könnten.

»Frau Buchegger, Ulli Buchegger, richtig? Sie sind die Besitzerin des Lienbachhofs?«

»Ja, das bin ich. Und wer sind Sie?«

»Ich bin Leutnant Willi Linz vom Landeskriminalamt. Sehr erfreut. Ich habe eine Frage. Haben Sie eventuell ein paar Tischdecken für uns? Und vielleicht auch Klebestreifen? Ihr Einverständnis vorausgesetzt, möchte ich die Fenster blickdicht verhängen. Zumindest den Teil, in dem wir sitzen. Wir können uns nicht erlauben, von den TV-Kameras beobachtet zu werden. Wäre das möglich?«

»Keine Frage, Herr Linz. Von mir aus können Sie das ganze Gebäude einpacken, so wie Christo.« Sie lächelte. »Wenn es hilft, den Entführer zu schnappen und die Kinder wohlbehalten zurückzubringen, ist mir alles recht.« Sie griff über den Tresen, holte zwei Klebefilmspender und eine, etwa 1 m breite Rolle Papiertischdecken mit dem Werbeaufdruck einer bekannten Biersorte hervor.

»Um Verhüllungskünstler zu spielen, ist das aber zu wenig.« Willi lächelte ebenfalls, bedankte sich herzlich. Die Hilfsbereitschaft der Leute von der Postalm war überwältigend.

Unter lautstarkem Protest verhängten die Polizisten die Fenster. Nicht der kleinste Schlitz blieb frei. Vorerst konnten sie in Ruhe arbeiten.

Brenninger siedelte zurück an ihren Tisch. »Da hinten ist es sehr einsam«, rechtfertigte er sich. »Ihr wisst, ich habe ein zartes Gemüt. Alleinsein macht mich traurig.«

Linz schüttelte den Kopf.

Anna drückte Georg an sich. »Du bist ja so ein armer Kerl.« Sie streichelte ihm über das Haar. »Wärst du nicht so alt, würde ich dich glatt adoptieren.«

»Ich fühle mich außerordentlich geehrt, Frau Revierinspektorin«, konterte er, lenkte aber sogleich die Aufmerksamkeit auf die Fotos, die er aus Bruckners Handy kopiert hatte. »Er hat an die 1.000 Bilder in seinem Speicher. 50 davon von einer männlichen Person in seinem Alter. Und wiederum die Hälfte von diesen, während der Mann schlief. Im Bett, auf dem Sofa, überall, wo man sich hinlegen kann. Auf vier Fotos steht er in der Dusche, wurde wahrscheinlich aufgenommen, ohne dass er es gemerkt hat. Ein komischer Kauz, dieser Bertram Bruckner.«

»Ich finde es nicht seltsam«, meinte Linz. »Er ist schwul

oder bisexuell.«

»Was?«, entfuhr es Anna. Ihr Ausruf schreckte ein paar der übrigen Anwesenden auf. »Bist du dir sicher?«, flüsterte sie.

»Jetzt hör mal, auf Anna! Du weißt doch, Homosexuelle erkennen sich untereinander. Zwischen ›unsereins‹ gibt es ebenso viele nonverbale Kommunikation wie bei euch Heteros. Ich wusste es von dem Augenblick an, als ich ihn in Augenschein genommen hatte. Sollte ich mich irren, fresse ich einen Besen.«

»So, so, ein Gaydar«, spöttelte Georg.

Willi hatte gelernt, damit umzugehen. »Die Bilder helfen uns aber in diesem Fall nicht weiter«, kehrte er zur Tagesordnung zurück. Was hast du noch gefunden?«

»Ich habe die Anrufliste durchgearbeitet. Es gibt 3 Telefonnummern, die Bruckner überwiegend angewählt haben. Die gleichen Nummern finden sich auch auf der Liste der ausgehenden Telefonate. Am häufigsten wurde ein Anschluss mit der Bezeichnung ›Franky‹ gewählt. Über 60 Mal in den vergangenen 3 Wochen. Der letzte eingehende Anruf von ›Franky‹ war vor etwa eineinhalb Stunden. Wenn ich mich recht erinnere, hat Steffen Hübner berichtet, Bruckners Parteifreund Frank Leitner hätte angerufen. Die einzige Verbindung am heutigen Tage neben den beiden anonymen. Die zweite Telefonnummer trägt die Bezeichnung ›Dorothee‹. Klar, wem sie gehört. Die dritte gehört zu einer Hotelanlage in der Nähe. Das könnte jeder sein, Gast oder Angestellter.«

»Oder Enzinger«, antworteten Anna und Willi gleichzeitig. Georg lief ein Schauer über den Rücken.

»Ihr zwei seid der Grund, warum ich dringend zur Kur muss. Ihr macht wieder euer unheimliches Ding, genau wie vorhin. Ja-ha, ich hab's gesehen! Klärt ihr mich auf?«

Seine beiden Kollegen tauschten abermals Blicke aus. Erst als Brenninger nörgelte: »Hallo-oh, ich bin auch noch da«, erbarmten sie sich seiner.

»Wir haben uns gefragt«, hub Anna an, »weshalb dieser

Hotelier so bereitwillig das Geld zur Verfügung gestellt hat. Es sind immerhin 100.000 €. Nachdem wir alle der Meinung sind, dass die Entführung fingiert ist, schließt sich für mich mit ihm der Kreis der Beteiligten. Wir glauben, Bertram Bruckner, Felix Enzinger und – nun können wir uns fast sicher sein – Frank ›Franky‹ Leitner stecken unter einer Decke. Natürlich kann der Parteifreund bloß besonders hilfsbereit sein und Bertram Mut zusprechen wollen. Aber sein Timing ist schlecht. Wir halten ihn ebenfalls für dringend tatverdächtig.«

»Und das habt ihr einfach so besprochen, ohne ein Wort zu sagen? Ihr macht mir wirklich Angst.«

Willi ging nicht darauf ein. Er wollte eine zweite Sache loswerden.

»Uns ist noch ein Detail aufgefallen. Dieser Hotelier will nicht, dass das Geld markiert wird. Er begründet es damit, dass er die Kinder nicht in Gefahr bringen will. Ist nachzuvollziehen, geht ihn allerdings nichts an. Das eigentlich Bedeutsame ist, er will nicht, dass eine blaue Farbpatrone explodiert und die Geldscheine wertlos macht.«

»Wie bitte? Warum glaubt er, wir benutzen blaue Patronen? Tun wir nie! Die werden doch nur in den neuen Geldautomaten verarbeitet. Habe ich etwas nicht mitbekommen?«

»Nein, hast du nicht«, meinte Anna.

Mareen langweilte sich. Sie fror, hatte Hunger und Durst. Thomas schlief, aber wenigstens ging es ihm besser. Er atmete ruhig und gleichmäßig.

Amana und Adil stritten seit geraumer Zeit in einer Sprache, die sie nicht verstand. Anscheinend war das so ein Erwachsenen-Ding. Wie oft ihre Eltern aneinandergeraten waren, hatte sie noch gut in Erinnerung. Am Ende wurden Türen zugeschlagen, einer saß im Wohnzimmer und weinte. Das war so normal geworden, dass sie beim ersten lauten Wort in ihr Zimmer verschwunden war. Dort hatte sie gesungen, mit ihren Puppen gespielt, bis der Streit vorbei war. Meistens war Papa weggegangen. Irgendwann, vor ein paar Monaten, ist er dann nicht mehr zurückgekommen. Es war der Tag nach ihrem siebten Geburtstag gewesen.

Sie wickelte sich noch fester in die Decke ein, setzte sich auf den Fußboden, lehnte sich an die Liege, auf der ihr Bruder lag. Sie hob ihre Hände, tippte Daumen auf Daumen, Zeigefinger auf Zeigefinger, die ganze Hand durch. Und zurück. Dabei sang sie ein Kinderlied:

»Wer hat die schönsten Schäfchen?
Die hat der gold'ne Mond,
Der hinter unsern Bäumen
Am Himmel droben wohnt.«

Sofort wurde es mucksmäuschenstill. Amana und Adil lauschten dem Lied.

»Er kommt am späten Abend,
Wenn alles schlafen will,
Hervor aus seinem Hause
Am Himmel leis und still.

Dann weidet er die Schäfchen
Auf seiner blauen Flur.
Denn all die weißen Sterne
Sind seine Schäfchen nur.

Sie tun sich nichts zuleide,
eins hat das andre gern.
Und Schwestern sind und Brüder
Da droben Stern an Stern.«

Mareen hielt inne. Die beiden Erwachsenen kamen zu ihr, knieten sich neben sie. Sie vollendete die letzte Strophe.

»Und soll ich dir eins bringen,
so darfst du niemals schrei'n.
Musst freundlich wie die Schäfchen
Und wie ihr Schäfer sein.«

Amana streckte die Arme aus, umarmte das Mädchen. Zum ersten Mal hatte ihr Lied dazu geführt, dass ein Streit beendet wurde. Sie mochte diese Frau.

Frank Leitner saß im Büro, verfolgte die Nachrichten auf seinem Computer. Felix Enzinger gab zum x-ten Mal ein Interview. Wenn irgendwo eine Kamera lief, stand er davor. *Wie man sich werbewirksam in Szene setzt, macht ihm keiner vor,* bewunderte ihn Leitner im Stillen. *Ein Profi durch und durch.*

» ...verhalten sich die Polizisten vorbildlich. Ich fühle, die Angelegenheit liegt in guten Händen.«

»Hat sich die Polizei zu Ihrer großzügigen Spende geäußert?«, wollte Tristan Buchweiser wissen, der Reporter, der als Erster auf der Postalm angelangt war.

»Man hat sich bedankt, eine Quittung habe ich nicht bekommen.« Er richtete seinen Blick direkt in die Kamera. »Sie werden die Geldscheine zur Sicherheit markieren. Ich vermute, mit einer Farbpatrone.«

Der Rest des Interviews war uninteressant. *Die letzte Information war für mich,* überlegte Frank. *Wenn das Geld präpariert wurde, ist es für mich und Bertram wertlos. Dann kann ich mir das neue Auto abschminken.* Wütend warf er die Computermaus durch den Raum.

»Verdammte Scheiße! Das hat mir gerade noch gefehlt«, schrie er, trank einen großen Schluck Weinbrand direkt aus der Flasche. »Hoffentlich hat Bertram das mitbekommen! Es wäre sein Ende, wenn er nachschaut.« Mit zittrigen Fingern zündete sich Leitner eine Zigarette an. *Ich muss mich beruhigen. Fehler kann ich mir nicht erlauben.*

Die Geldübergabe würde einfach werden. Auf dem Weg

nach Bad Ischl würde er seinen Kumpel kontaktieren, ihm sagen, wo er das Geld aus dem Fenster werfen müsse. Sein Anruf würde überraschend kommen. *Die Polizei wird keine Chance haben, mir zu folgen*, redete sich Frank gut zu. *Ich kenne die Gegend wie meine Westentasche.* Kleine Pfade würden ihn schnell aus dem Sichtfeld möglicher Verfolger bringen. Nach 3 Minuten hätte er sein Auto erreicht, wäre unauffindbar für die Polizei.

Er war sich sicher, ohne den Hinweis des Hoteliers hätte er den Geldkoffer geöffnet. *Danke für die Warnung, Felix,* dachte er.

Die Dämmerung hatte eingesetzt. Die letzten freiwilligen Helfer kehrten zum Lienbachhof zurück. Markus Galler war unter ihnen, er kam mit hängenden Schultern auf Luis zu.

»Wir haben nichts gefunden. Die Kinder sind wie vom Erdboden verschluckt. Für heute müssen wir abbrechen.«

»Ich danke dir trotzdem, Markus! Du bist eine große Hilfe. Willst du morgen zurückkommen?«

»Auf jeden Fall. Ich habe schon von acht oder zehn Leuten die Zusage. Aber ich denke, das Gros wird sich an Weihnachten um die eigene Familie kümmern müssen. Viele sind zutiefst enttäuscht. Ein Erfolgserlebnis hätte allen gutgetan.«

»Das tut mir sehr leid. Siehst du noch eine Chance, dass wir Mareen und Thomas lebend finden?«

»Ich weiß nicht. Ganz ehrlich, Luis? Nach über 24 Stunden in dieser Kälte liegt die Erfolgsquote bei unter 10 %. Ich glaube, drei Kollegen von mir sind noch am oberen Ende des Edtlifts unterwegs. Der hatte gestern als letzter geschlossen. Aber sie müssten auch gleich hier sein.«

»Hallo, Markus«, krächzte es aus der Jackentasche des Bergretters. »Kannst du mich hören?«

»Ja, ich höre dich, Sepp. Was ist?«

»Ihr solltet sofort hierherkommen. Wir stehen am Fundament des Tellerlifts, haben unterm Schnee einen

Anorak gefunden. Niemand traut sich, zu graben. Könnt ihr kommen?«

»Wir sind schon unterwegs«, bestätigte Markus. Anna und Luis begleiteten ihn.

Der spontane Aufbruch war den Reportern aufgefallen. Hastig nahmen sie ihre Gerätschaften auf, eilten den dreien hinterher. Das schwere Equipment behinderte sie, sie konnten nicht Schritt halten.

Als die Fernsehleute endlich die Stelle am Lift erreicht hatten, sahen sie 6 Leute um einen bunten Fleck im Schnee herumstehen. Die ersten richteten ihre Kameras aus, beleuchteten den Platz. Keiner traute sich, ein Wort zu sagen. Nicht einmal der Reporter Tristan Weiser bekam seinen Mund auf.

Anna fand als erste die Sprache wieder. »Markus, gibt es eine Beschreibung von den Kindern? Weißt du, was sie anhatten?«

»Ich habe mit Dorothee gesprochen, Mareen ist immer bunt gekleidet. Deshalb traue ich mich nicht, dieses leblose Ding da auszugraben. Wenn das die Kleine ist, werde ich nie wieder einen Fuß in eine Kirche setzen. So etwas darf nicht passieren. Nicht hier und nicht so kurz vor Weihnachten.«

Der erste Reporter wendete sich an seine Zuschauer. »Ist das eine Wendung im Fall der entführten Kinder? Es berichtet Tristan Buchweiser live von der Postalm. Soeben haben die Mitarbeiter der Bergwacht etwas gefunden. Wie Sie sehen«, der Kameramann zeigte das bunte Kleidungsstück in Großaufnahme, »handelt es sich um einen Anorak in Kindergröße. Wir können eine gekrümmte Haltung erkennen. Furchtbares muss passiert sein. Hat der Entführer die Kinder bereits getötet? War alles umsonst? Seit fast zwei Tagen wurde hier intensiv gesucht. Die Helfer werden sich die Frage gefallen lassen müssen, weshalb die Leiche erst jetzt gefunden wurde. Ich kann nur sagen ...«

»Halten Sie doch endlich Ihr Schandmaul!«, schrie ihn

Anna nach Leibeskräften an. »Sie sind nur auf eine Sensation aus. Sie sollten sich in Grund und Boden schämen!« Das hatte gesessen. Mit einem Mal wurden die Kameras weggelegt, die Reporter steckten ihre Mikrofone ein.

Markus und die Polizistin begannen, mit ihren Händen zu graben. Keiner filmte, die Sender hatten die Live-Übertragung unterbrochen.

Nach ein paar Momenten verharrten die beiden in der Bewegung, schauten sich an. Alle hielten den Atem an. Sie gruben schneller. Dann stoppten sie abrupt.

Der Bergretter sah in die angespannten Gesichter der Anwesenden und sagte: »Entwarnung. Wir haben eine Möhre und ein paar Stückchen Kohle gefunden, sonst nichts. Jemand hat wohl einen Schneemann gebaut und ihn mit der Jacke angezogen.«

Die Erleichterung überspülte die Leute wie eine Welle. Noch nie hatte die Polizistin so viele Männer vor Freude weinen sehen. Bergretter, Polizisten, Kameraleute und Journalisten vereint in Emotionen.

Nur Buchweiser hatte sein Mikrofon in der Hand behalten. Er wollte der Erste sein, der die Neuigkeit herausbrachte. Er drückte auf den kleinen Knopf in seinem Ohr, meldete sich bei seiner Redaktion als aufnahmebereit.

»Du bist vorläufig vom Sender«, bekam er zu hören. »Geh nach Hause. Über eine weitere Zusammenarbeit wird später entschieden.«

»Hallo? Hallo-oh! Hört ihr mich? Was soll das? Spinnt ihr?«

Gerd, sein Kameramann, schaltete das Licht aus. Die Aufnahme-LED an der Vorderseite des Geräts wechselte auf Rot. Er hatte ebenfalls eine Anweisung bekommen. Für heute war Schluss.

»Das geht nicht!«, protestierte Buchweiser. »Du nimmst das gefälligst auf, Gerd! Das sind News, die können auch unangenehm sein. Die Menschen haben ein Recht darauf.

Nimm-jetzt-endlich-die-Kamera-und-mache-deinen-Job!«

»Das tue ich gerade«, erwiderte der Kameramann entspannt, »denn ich habe noch einen.«

Im Hintergrund sprach jemand in ein Funkgerät.

»Entwarnung Leute, es ist nur eine Jacke.«

Willi und Steffen hatten im Lienbachhof nichts von alledem mitbekommen. Sie saßen mit Bertram im Hinterzimmer, instruierten ihn für die Geldübergabe.

»Herr Bruckner, es ist wichtig, dass Sie sich genau an die Anweisungen halten.« Linz holte tief Luft, er musste sich zusammenreißen. Die Angelegenheit war lächerlich. »In diesen Minuten wird die Straße nach Strobl freigeräumt. Sie werden also keine Probleme haben, dort hinunter zu fahren. Wir folgen Ihnen mithilfe der Satellitennavigation. Dr. Brenninger wird Sie dafür präparieren. Direkt nachdem Sie das Lösegeld übergeben haben, melden Sie sich bei uns. Sie haben meine Nummer einprogrammiert, Kurzwahltaste neun. Wir müssen wissen, ob alles glattgegangen ist. Es geht uns um das Wohl der Kinder. Fragen Sie, bevor Sie das Geld an den Erpresser aushändigen, wann und wo Mareen und Thomas freigelassen werden.«

»Ich weiß, was ich zu tun habe, Herr Leutnant. Ich bin nicht auf den Kopf gefallen. Die Kinder sind mir das Wichtigste. Wie soll ich meiner politischen Karriere einen Sinn geben, wenn der Entführer mir sie genommen hat. Die Kinder sind mein Ein und Alles.« *Jetzt habe ich übertrieben,* erschrak Bertram vor sich selbst, *das kaufen die mir nie ab.*

»Das wissen wir, Herr Bruckner«, übernahm Hübner. »Deshalb ist es ja so wichtig, dass Sie sich an das halten, was wir Ihnen raten. Dies ist nicht mein erster Entführungsfall, der Ablauf ist bei allen ähnlich. Wollen Frau Gschwandner und Sie die Kinder wieder in die Arme schließen, tun Sie, was wir gesagt haben. Haben Sie das verstanden?«

Mit dem finstersten Blick, den er hatte, verwünschte er den Deutschen. *Jeder von denen scheint mich für dämlich zu halten!*

Amana hatte die Kleine nicht mehr losgelassen. Sie herzte und wiegte Mareen, sang leise ein Kinderlied aus ihrer Heimat. So wie sie es bei ihrer eigenen Tochter auch getan hatte. Nachdem das Mädchen eingeschlafen war, zugedeckt mit mehreren Decken, entbrannte der Streit zwischen den Eheleuten erneut. Diesmal mit leiseren, freundlicheren Worten.

»Wir müssen die beiden nach Hause bringen. Wir dürfen sie nicht von ihrer Mutter trennen. Du weißt, wie wichtig Familie ist«, versuchte sie, ihren Mann zu überzeugen, hielt seine Hände fest in den ihren.

»Ich weiß«, erwiderte Adil. »Aber lassen wir die Kinder laufen, wird man uns finden. Und dann wird man uns wieder in so eine furchtbare Unterkunft sperren. Ich komme mir vor wie ein Verbrecher. Alle zeigen mit den Fingern auf mich, manche spucken sogar. Dabei haben wir überhaupt nichts verbrochen.«

»Meinst du, es wird besser, wenn wir weiter weglaufen? Wenn wir, wie du es willst, die Polizei erst informieren, nachdem wir uns in Sicherheit gebracht haben? Denkst du, die Menschen werden mehr Verständnis für uns aufbringen, wenn sie glauben müssen, wir seien Kindesentführer? Das geht nicht, das mache ich nicht mit. Lieber lasse ich mich einsperren. Mareen und Thomas haben das nicht verdient.«

»Aber Amana, wo sollen wir denn …«

Sie legte ihm die Hand auf die Lippen, ihre Augen sagten bitte. »Wir sind Christen, sind wie sie. Wir glauben an denselben Gott, hoffen auf die Erlösung im Paradies. Ich werde nicht zulassen, dass die Kleinen zu Weihnachten nicht zu ihrer Familie können. Eher gehe ich ins Gefängnis.«

Adil umarmte seine Frau. Er wusste, ihre Entscheidung

war endgültig.

Anna saß in der abgesperrten Ecke, hatte ihre Knie fest an sich gezogen, die Arme um die Beine geschlungen. Dass jeder sie so sehen konnte, verzweifelt, mit tränenverschmierten Make-up, war ihr egal. Sie litt unter dem, was am Lift passiert war. Luis saß neben ihr, drückte sie zärtlich an sich.

»Warum macht dich das so fertig, Liebling? Solltest du nicht eher froh sein, dass es keins der Kinder war?«

»Ja, natürlich«, flüsterte sie. »Ich habe nur das Gefühl, wir haben den Fokus aus den Augen verloren. Ich freue mich, wenn wir diesen Kerlen das Handwerk legen können. Aber bringt es uns Mareen und Thomas zurück? Nein. Markus hat gesagt, die Chance, dass sie am Leben sind, ist klein. Ich will nicht diejenige sein, die der Mutter die schlimme Botschaft überbringen muss. Auf keinen Fall.«

»Ich habe übrigens mit dem Arzt gesprochen. Nach Beendigung der Suchaktion hat er beschlossen, Dorothee mitzunehmen. Sie wird die Nacht im Krankenhaus verbringen. Er meinte, in ihrer psychischen Verfassung wäre es sträflich, sie allein nach Hause zu schicken.«

»Wie geht es ihr? Hast du ihn gefragt?«

»Schlecht. Sobald die Medikamente nachlassen, schreit sie nach ihren Kindern. Sie musste sogar auf der Trage fixiert werden, sonst wäre sie aus dem Krankenwagen gesprungen. Die Sanitäter waren entsetzt. Wenn wir die Kleinen nicht finden, wird Doro wegen Selbstmordgefahr eingewiesen. So die Einschätzung des Mediziners.«

»Wie furchtbar. Ich kann mich gut in sie hineinversetzen. Es muss sich anfühlen, als ob dir jemand einen Teil des Herzens herausgerissen hätte. Die arme Frau. Was können wir bloß tun?«

Ihr Freund hatte zwar mit der Frage gerechnet, trotzdem wurde die Antwort nicht leichter.

»Nichts. Inklusive gestern ist 13 Stunden lang nach

ihnen gesucht worden. Das Gebiet ist nicht besonders groß, die vielen Leute hätten längst etwas finden müssen.«

»Dann ist das mit der Entführung vielleicht doch wahr?«

Diese Frage stellte sich Luis seit Stunden. Nachdem am Mittag die ersten Helfer ohne das kleinste Lebenszeichen zurückgekehrt waren, hatte er zu zweifeln begonnen. Den restlichen Teil des Skigebiets zu durchsuchen, war eher eine Beschäftigungstherapie. Keiner wollte aufgeben, auch wenn die Aussicht auf Erfolg verschwindend gering geworden war.

»Was ist, wenn die Entführung echt ist?«

»Nein, Anna. In dem Punkt vertraue ich Steffen absolut. Er hat 25 Jahre Berufserfahrung. Wenn wir ihm nicht glauben, wem dann?«

»Was ist, wenn die Kinder von jemand anderem entführt worden sind und sich die Person noch nicht gemeldet hat? Was ist, wenn derjenige nicht die Absicht hat, sie freizulassen? Perverse, die Minderjährige in ihre Keller sperren, gibt es immer wieder. Du erinnerst dich sicher an den Fall in Wien, mehr als zehn Jahre hat er gedauert.«

»Daran will ich gar nicht denken, Anna. Wir brauchen Lösungen. Ich muss das Gefühl der Tatenlosigkeit abschütteln. Es raubt mir die Luft zum Atmen.«

»Das ist ein GPS-Sender, Herr Bruckner«, erläuterte Dr. Brenninger, drückte ihm ein kleines beigefarbenes Gerät in die Hand. »Direkt nachdem Sie das Geld übergeben haben, drücken Sie den Knopf auf der Oberseite. Ein kleines rotes Licht wird für 1 Sekunde aufleuchten. Das ist unser Zeichen. Anschließend fahren Sie retour. Bringen Sie den Sender unbedingt zurück! Haben Sie das verstanden?«

Bertram platzte der Kragen. »Wieso hält mich eigentlich jeder für deppert? Wieso fragt jeder, ob ich verstanden habe? Das geht mir sowas von auf die Nerven! Wenn ich einen Fehler mache, sind Sie es schuld.«

»Bitte, Herr Bruckner«, sprach Willi. »Keiner verkennt

die Situation. Es ist uns allen klar, dass sie besonders schwierig ist. Ihre mentale Anspannung ist für uns kaum nachzuvollziehen. Deshalb fragen wir Sie, ob Sie verstanden haben. Wir wollen sichergehen, dass alles wie geplant läuft und die Kinder unbeschadet zu Ihnen zurückkehren.«

Bruckner war unzufrieden mit der Antwort. Der Polizist war nicht auf seine erste Frage eingegangen. *Zum Glück haben sie keine Ahnung von dem, was Frank und ich vorhaben,* dachte er. *Ich werde euch zeigen, wie schlau ich bin. In einer Stunde habe ich die gesamte Polizei und die Presse an der Nase herumgeführt. Ich bin der Größte. Bald im Landtag. Vielleicht sogar ein Minister.*

Markus hielt eine kleine Ansprache an diejenigen, die bis zum Schluss geblieben waren. Immerhin waren das rund 100 Leute.

»Vielen, vielen Dank für eure Hilfe! Ihr habt es möglich gemacht, das komplette Gebiet an einem Tag zu durchkämmen. Ein großes Lob an alle Freiwilligen! Dass wir die Kinder nicht gefunden haben, ist traurig, schmälert eure Leistung aber nicht.« Die meisten Anwesenden blickten betroffen zu Boden. Keiner war mit dem Ergebnis zufrieden. »Wir haben vollstes Verständnis dafür, dass ihr Weihnachten bei euren Familien verbringt. Wer morgen trotzdem noch einmal mitmachen möchte, ist von ganzem Herzen willkommen. Leute, wir haben alles gegeben. Leider hat es nicht gereicht.«

Anna stellte sich neben ihn. »Ich bin sicher, dass Dorothee von eurem Engagement zutiefst berührt ist. Ein solcher Zusammenhalt ist wunderbar, ich habe nicht damit gerechnet. Die meisten haben über Facebook von den Vermissten erfahren. Ich werde versuchen, euch auf dem Weg zu informieren, auch über die Entführung. Einige haben schon davon gehört, wir sind an dem Fall dran. Noch einmal vielen Dank, ihr alle könnt stolz sein auf euch und eure Gemeinschaft.«

Als die Leute nach Hause gegangen waren, setzte sich Anna zu dem Forensiker. Er wirkte gut gelaunt, tippte mit flinken Fingern über die Tastatur. Linz, der daneben saß, studierte auf einem zweiten Computer die Fotos aus dem Handy von Bertram Bruckner.

»Was gibt's Neues?«, fragte sie.

»Komm näher ran«, raunte Brenninger. Keiner außer Willi sollte mithören können. »Wir haben die Rufnummer, wissen, wer der angebliche Erpresser ist. Möchtest du raten?«

»Nein Georg, diesmal nicht. Bitte verzichte darauf, ich bin fix und fertig.«

»Dann werde ich dich nicht länger auf die Folter spannen. Der Anrufer ist Frank Leitner. Hämmerle hat durchgesetzt, dass wir Bruckner und seinen Parteifreund überwachen dürfen. Plus eine dritte Person. Das mit ihr wird aber heute nicht mehr bewilligt, darauf werden wir bis morgen früh warten müssen.«

»Wer ist der oder die Dritte? Felix Enzinger?«

»Bingo. Du hast einen guten Riecher, Anna, weißt du das? Die stecken unter einer Decke. Es würde mich nicht wundern, wenn sich der Hotelier das Geld noch heute Abend zurückholt. 100.000 € schmeißt man nicht so einfach aus dem Fenster.«

»Was ist mit Bruckner? Du hast ihm einen GPS-Sender mitgegeben. Glaubst du wirklich, dass er im entscheidenden Augenblick auf den Knopf drückt?«

Zum Glück war außer ihnen kaum noch jemand in der Gaststätte. Das Verhalten der zwei Kriminalbeamten hätte die Helfer entrüstet. Georg brach in Lachen aus. Willi stimmte ein, klopfte dabei mit der Hand auf den Tisch.

Anna sah sie fassungslos an. »Würdet ihr mir bitte sagen, was daran so lustig ist? Die Geldübergabe muss doch überwacht werden oder?«

Linz hatte sich als Erster gefangen. Er grinste noch immer, während er erklärte: »Tut mir leid. Wir haben uns einen Spaß erlaubt. Sowohl Bruckner als auch Leitner werden über ihre Telefone überwacht. Bei Bruckner ist es selbst so, dass alles, was er sagt, aufgenommen und zu uns gesendet wird. Kein einziger Polizist folgt ihm, da wir wissen, wer der Erpresser ist.«

»Was sollte dann der Sender?«

Noch einmal prustete Georg los. Als er sich beruhigt hatte, gab er ihr Auskunft. »Ich musste mir einfallen lassen, wie ich diesem Bruckner eine wichtige Aufgabe übertragen konnte. Das hat ihn von einer möglichen Überwachung durch das Mobiltelefon abgelenkt. Mit Erfolg, muss ich sagen. Er redet, singt sogar laut auf der Autofahrt. Wir warten nur darauf, dass Leitner Kontakt aufnimmt. Das wäre die letzte Bestätigung, obwohl wir sie eigentlich nicht mehr brauchen. Ist mehr für die Gerichtsverhandlung, nicht für uns.«

»Verstanden, komplette Überwachung übers Telefon. Und noch mal, was ist das für ein Sender?«

»Tut mir leid, Anna, mir ist nichts anderes eingefallen. Was er da hat und höchstwahrscheinlich drücken wird, ist mein Garagentüröffner.«

Nun lachte auch sie. Luis konnte von seinem Platz aus sehen, dass es ihr guttat. Für den Moment entspannte sie sich.

Hermine Mannbarth hatte das Krankenhaus erleichtert verlassen. Drei Stunden war sie bei ihrem Mann gewesen, hatte sogar mit ihm sprechen können. Der behandelnde Arzt hat ihr versichert, dass Stefan den Anfall ohne bleibenden Schaden überstanden hätte. Seine Ernährung musste sie freilich umstellen. Das kleinste Problem, fand Mine. Sie würde alles dafür tun, der Krankheit ihres Mannes den Kampf an zu sagen. Sie nahm sich vor, alles was süß war, aus dem Haus zu verbannen, noch bevor Stefan das Krankenhaus verlassen durfte. Weder Schokolade, noch Gummibärchen, nicht einmal Zucker für den Kaffee würde er bei seiner Rückkehr vorfinden.

Sie holte ihr Mobiltelefon aus der Handtasche, wollte

Anna und Luis informieren. Die zwei standen ihr und Stefan am nächsten. Ihr Neffe nahm den Anruf entgegen.

»Griaß di, mein lieber Junge«, begrüßte ihn Mine. »Ich wollte euch nur berichten, wie es Stefan geht. Er hat sich erholt, ich konnte sogar mit ihm sprechen. Er ist mürrisch, weil er nicht kann, wie er will. Ich soll euch grüßen, dich und Anna.«

»Du ahnst nicht, wie erleichtert ich bin«, freute sich Luis. »Ich habe mir solche Sorgen gemacht. Weiß man inzwischen, was der Auslöser war?«

»Zu fettes Essen, zu viel Süßigkeiten. Er hat es einfach übertrieben. Ich verstehe nicht, dass uns nichts aufgefallen ist. Ich hätte es merken müssen.«

»Mach dir keine Vorwürfe, Mine! Woher solltest du wissen, wie sich Diabetes äußert. In deiner französischen Verwandtschaft sind alle superschlank. Aus unserer Sippe leidet auch keiner darunter. Wichtig ist, es geht ihm besser und du weißt, worauf du in Zukunft achten musst.«

»Stimmt, ich werde ihn auf Diät setzen. Es wird deinem Onkel nicht gefallen. Wie geht es bei euch weiter? Habt ihr die Kinder gefunden?«

»Leider nicht. Wir hatten eben eine Schrecksekunde, aber zum Glück hat es sich nicht bewahrheitet. Anna kümmert sich um den angeblichen Entführungsfall. Es ist eine Menge los hier oben, aber von Mareen und Thomas keine Spur. Sie sind wie vom Erdboden verschluckt, hat der Bergretter Markus Galler eben gesagt. Wir sind alle ziemlich am Ende.«

»Wie geht es der Mutter?«

»Ganz schlecht. Der Arzt hat sie ins Krankenhaus mitgenommen. Er befürchtet, sie wird sich etwas antun, wenn sie nicht unter Beobachtung steht.«

Hermine hätte gern mehr erfahren. Aber sie wusste, dass er und sie weiterarbeiten mussten.

»Dann wünsche ich euch viel Glück. Ihr werdet es brauchen.«

Bertram saß im Auto seiner Freundin. Einen eigenen Wagen hatte er nicht. Die letzten Jahre waren hart gewesen, ohne Einkommen, abhängig von Sozialhilfe. Sein erster Lichtblick war, die einsame Dorothee kennenzulernen. Dass sie eine feste Anstellung und ein regelmäßiges Gehalt hatte, war ein wahrer Glücksfall.

Lieber hätte er mit Frank zusammengelebt. Doch der musste auf seinen Umgang achten. Er war in die Partei eingetreten und Abgeordneter geworden. Hatte Bertram auf die Idee gebracht, sich ebenfalls in der VÖ zu engagieren. ›Politik ist leichter, als du dir denken kannst‹, hatte er gemeint. Wie viel Arbeit im Wahlkampf steckte, war Bruckner erst in den vergangenen Tagen klar geworden. Allerdings bot die neue Partei treuen Anhängern erstaunliche Erfolgsaussichten. Wenn er gewählt würde, hätte er vier Jahre Zeit, ohne sich Gedanken über Geld machen zu müssen. Das war die Mühe wert.

Während er durch Strobl fuhr – die Serpentinen lagen schon hinter ihm – fiel ihm wieder ein, dass er Frank unbedingt etwas sagen musste. *Das darf ich auf keinen Fall vergessen! Luis Mannbarth kann uns sehr gefährlich werden.* Sobald sich eine Gelegenheit bieten würde, mit seinem Freund zu sprechen, würde Bertram sie nutzen. Zu viel hing davon ab.

Er hielt am Straßenrand, kritzelte eine Nachricht auf eine Tankquittung: ›Muss dich unbedingt sprechen! SEHR wichtig! Sind in Gefahr!!!‹ Er legte den Zettel in den Koffer zu dem Geld. Frank würde wissen, was er zu tun hatte. Er würde ihn anrufen.

Als Bruckner die Bundesstraße 158 erreicht hatte, bog er nach rechts ab Richtung Bad Ischl. Lange konnte es nicht mehr dauern. Er hatte immer wieder in den Rückspiegel geschaut, keine Polizei. Sie wollten wahrscheinlich das Leben der Kinder nicht in Gefahr bringen. »Ich bin der Größte!«, sagte er laut zu sich. Dr. Brenninger hörte mit.

Der Anruf kam so überraschend, dass Bertram zusammenzuckte. Sofort begann er zu schwitzen. Er fuhr auf den Seitenstreifen, nahm das Telefon, meldete sich, wie mit den Polizisten vereinbart.

»Jetzt Geld aus Fenster werfen«, sagte die Stimme und legte auf.

»Verdammt! Du Arsch!«, fluchte Bruckner vor sich hin. »Willst du nicht mit mir reden?« Er kurbelte das Fenster der Beifahrerseite auf, ein letzter Blick in den Rückspiegel. Dann warf er den roten Lederkoffer mit aller Kraft hinaus. Nun musste er zurückfahren. Solange er stehen blieb, würde Frank nicht aus seinem Versteck kommen. »Ruf mich an!«, schrie Bertram verzweifelt in die Nacht. Hoffentlich verstand sein Freund die Nachricht.

Kapitel 8

Die Dunkelheit hatte sich über die Alm gelegt. Adil feuerte den Holzofen an. Es wurde heimelig warm in der Hütte, Mareen bekam ihren heiß ersehnten Tee. Der Arzt wechselte Thomas' Verbände, befreite das Haar des Jungen von letzten Blutresten. Für den Augenblick kehrte Ruhe ein. Eine heiße Brühe, eine Tütensuppe, die Amana in einem Schrank gefunden hatte, stand bereit, um Tommy zu stärken.

»Wann dürfen wir wieder nach Hause?«, wollte Mareen wissen.

»Bald, meine Kleine. Sobald dein Bruder bei Kräften ist, schicken wir euch heim.«

»Kommt ihr denn nicht mit, Amana?«

»Das glaube ich nicht, mein Liebling. Wir sind unerwünscht. Wenn man uns entdeckt, müssen wir zurück in ein Haus, dass wir mit ganz, ganz vielen Leuten teilen müssen. Wir wollen versuchen, zu unseren Freunden zu gelangen.«

»Warum seid ihr nicht erwünscht?«

»Ich weiß nicht, Mareen. Vielleicht weil wir anders sind.«

Das Mädchen spielte wieder mit ihren Fingern. Sie überlegte lange.

»Ihr könnt bei uns wohnen. Meine Mama hat sicher nichts dagegen.«

Amana sah Adil an. Auch er hatte gehört, was das Mädchen gesagt hatte. Er deckte Thomas zu, ging zu den anderen beiden, setzte sich zu ihnen.

»Mein liebes Kind«, begann er. Das Kribbeln in Mareens Brustkorb kam zurück. »So einfach ist das nicht. Was meine Frau gesagt hat, ist wahr. Wir sind nicht erwünscht, haben keine Erlaubnis, in Österreich zu bleiben. Man wird uns wegschicken. Bis dahin müssen wir wohnen, wo man uns hinsteckt. Du solltest dir darüber keine Gedanken machen, Mareen. Du bist noch viel zu jung für solche Sorgen. Du solltest leben, spielen, so oft es geht. In der Schule fleißig sein, weil du die Möglichkeit dazu hast. Hab deine Mama lieb, so wie sie dich auch liebhat. Dann wird alles gut für dich.«

»Und für euch?«

Bruckner saß im Auto in der Nähe der Mautstelle in Strobl. Nun schon eine halbe Stunde wartete er auf Franks Rückruf. Der hatte die Nachricht sicher längst gelesen. Umso unbegreiflicher war es für ihn, dass sein Freund sich nicht meldete. Irgendetwas stimmte nicht.

Bertram nahm sein Handy, öffnete die Kontakte, wählte Leitner an. Er musste einfach mit ihm reden. Doch statt eines Freizeichens erhielt er den Besetztton. Er versuchte es noch einmal, das gleiche Ergebnis. Wütend warf er das Telefon auf den Beifahrersitz. Er musste zurück zum Lienbachhof. Die Polizei erwartete ihn seit geraumer Zeit.

Nachdem er das Geld aus dem Fenster geworfen hatte, war er noch einige hundert Meter geradeaus bis zur nächsten Bushaltestelle gefahren. Erst da hatte er wenden können und den Knopf für den Peilsender gedrückt. Er hatte seinem Freund unbedingt die Zeit verschaffen wollen, unerkannt zu entkommen. Umso mehr wurmte es ihn, dass Frank nicht anrief. Bruckner probierte es ein letztes Mal. Wieder nichts. Enttäuscht und verunsichert startete er den Motor, machte sich auf den Rückweg.

Dr. Brenninger unterbrach ein Gespräch zwischen Anna und Willi. Sie hatte ihn über den Gesundheitszustand von Stefan Mannbarth informiert und auf den neuesten Stand gebracht, was die Mutter der beiden Kinder betraf. Und dass am nächsten Morgen die Suche weitergeführt wurde, auch wenn sie bei Weitem weniger Menschen erwarteten als an diesem Tag.

»Es tut mir leid, wenn ich euch störe. Ihr solltet wissen, dass Bruckner auf dem Rückweg ist. Er hat dreimal angehalten. Das erste Mal in Strobl, dann auf halben Weg nach Bad Ischl, nachdem er gewendet hatte. Nochmals unmittelbar vor der Mautstelle. Das war vor mehr als dreißig Minuten. Ich kann euch auch sagen, er ist stinkwütend auf diesen Frank Leitner. Er beschwert sich lautstark, dass der ihn nicht zurückruft. Hat es selbst mehrmals probiert. Doch Leitner ist im Gespräch. Wollt ihr raten, mit wem?«

Linz schüttelte den Kopf. »Mit Enzinger, mit wem sonst«, meinte er gelangweilt. Georgs Ratespiele gingen ihm mittlerweile gehörig auf die Nerven.

»Das ist richtig, zehn Punkte, Herr X. Schade, dass wir bei dem nicht mithören können.«

»Warum eigentlich nicht?«, wollte Anna wissen. »Bei Bruckner geht es doch auch.«

»Auf seinem Handy haben wir eine Software aufgespielt. Bei Leitner haben wir nur Verbindungs- und Geo-Daten. Was machen wir mit den beiden? Wann wollt ihr sie verhaften?«

»Anna und ich haben darüber nachgedacht«, antwortete Willi. »Wir wollen noch warten. Solange eine Möglichkeit besteht, dass Leitner die Kinder doch entführt hat, wollen wir schauen, was er macht. Der Chef vertritt dieselbe Meinung. Du, Georg, sollst weiterhin deine Technik im Auge behalten, soll ich dir von ihm ausrichten. Tut sich etwas Außergewöhnliches, schlagen wir zu.«

Brenninger nickte. »Okay, verstehe. Dann muss ich euch mitteilen, der vermeintliche Erpresser ist vor wenigen Minuten daheim angekommen. Falls er die Kinder nicht in seinem Keller versteckt, sind wir auf dem Holzweg.«

»Das Risiko müssen wir eingehen«, bestimmte Anna. Sie zog sich eine dicke Winterjacke über, wollte ein letztes Mal für heute vor die Presse treten. Nur zwei Sender hatten ausgeharrt. Für die anderen war der Fall nicht mehr neu genug für die News. Der Fluch der Schnelllebigkeit unserer Zeit. »Zu eurer aller Information«, ergänzte sie, »ich werde die Leute hineinbitten. Will ihnen heißen Tee gönnen, bevor ich sie nach Hause schicke.«

»Warum das denn? Ich dachte, du magst sie nicht?«, wunderte sich Georg.

»Na ja, das trifft nicht auf alle zu. Ben Salzinger zum Beispiel hat uns sehr geholfen. Außer diesem Tristan waren nach meiner Ansprache alle betroffen und beschämt. Ich will mich mit ihnen versöhnen.«

»Das ist doch nicht alles, oder?«, meinte Linz.

Anna lächelte ihn an. Er kannte sie gut, die Frage konnte nur von ihm kommen.

»Alle verfügbaren Kameras sollen auf Bertram Bruckner gerichtet sein, wenn er den Lienbachhof betritt. Ich will, dass er erzählt, wie die Übergabe abgelaufen ist. Dass er sich so tief in die Scheiße reitet, wie es irgend möglich ist! Ich habe so einen Hass auf den Mann. Der ganze Medienrummel ist auf seinem Mist gewachsen und wird auf dem Rücken der Kinder ausgetragen.«

Mit hängenden Schultern ging sie nach draußen. Sofort gingen die ersten Lichter auf den Kameras an.

»Leider gibt es noch nichts Neues. Wir warten auf die Ankunft von Herrn Bruckner. Das kann noch ein wenig dauern. Deshalb wollte ich Ihnen die Gelegenheit geben, sich drinnen bei uns aufzuwärmen. Heißer Tee, Kaffee und ein paar belegte Brote stehen bereit.«

Überrascht schauten sich die Medienvertreter an. Mit allen hatten sie gerechnet, nur nicht mit einer versöhnlichen Geste. Sie hatten mit der Kälte zu kämpfen. Durch den permanenten Schneefall war auch ihr Equipment feucht geworden. Nur wenige trugen den Witterungsbedingungen angemessenes Schuhwerk.

Anna ging vor, hielt die Tür geöffnet, bis der letzte im Gastraum verschwunden war. Sie lächelte.

Senderübergreifend setzten sich die Fernsehleute zueinander. Einer schob Tische zusammen, ein anderer holte Stühle, um Sitzplätze für alle zu schaffen. Die Polizistin trat zu ihnen. Freundlich sagte sie: »Ich werde Sie auf dem Laufenden halten.« Dann gesellte sie sich zu

Linz und Brenninger.

»Das ist grenzwertig, was du da machst«, äußerte sich Willi, »Das ganze Theater, nur um Bruckner bloßzustellen?«

»Nicht nur. Ich glaube fest daran, dass wir die Journalisten noch brauchen. Wollen wir das Lügengespinst hinter der Aktion aufdecken, sind sie das richtige Instrument. Nur wenn darüber berichtet wird, haben die Bürger eine Chance, zu sehen, wen sie wirklich wählen.«

»Und wen wählen sie wirklich?«, warf Georg ein, ohne aufzuschauen. Er war mit seinem Computer beschäftigt.

»Selbstverständlich schere ich nicht alle Politiker über einen Kamm. Die meisten machen ihre Arbeit gut, setzen sich für bessere Lebensbedingungen der Menschen ein. Einige wenige hingegen nicht. Sie verschwenden zum Beispiel Steuergelder in gigantischem Umfang. So nach dem Motto: Ist ja nicht mein Geld, lass es uns mit beiden Händen rausschmeißen. Solche Leute werden sich irgendwann für den Mist, den sie verzapft haben, verantworten müssen.

Was allerdings Bruckner und Leitner veranstalten, sprengt meine Vorstellungskraft. Für die Karriere eine Entführung vorzutäuschen, ist verabscheuenswürdig! Wenn wir denen das Handwerk legen können, haben wir ein gutes Werk getan.«

Georg schaute Anna über den Rand seines Bildschirms an. »So simpel ist das nicht«, bremste er ihre Emotionen. »Ich könnte dir aus dem Stegreif eine Handvoll Objekte nennen, in die aus seriösen Gründen investiert wurde. Durch Klimaveränderungen, angepasstes Kaufverhalten, neue Umgehungsstraßen sind sie nicht mehr tragbar geworden. Die Politik als Schuldigen zu benennen, ist zu einfach.

Oder der Investor mit den Schneeparks? Der hatte seinen Betrug so geschickt eingefädelt, dass er nicht vorher zu erkennen war. Trotzdem musste der zuständige Verwaltungsangestellte seinen Hut nehmen. Dass es keinen der oberen Etage erwischt hat, war ein Wunder.«

»Das will ich gar nicht abstreiten, Georg. Mir geht es um die Leute, die die Angst schüren, bis die Menschen nachts nicht mehr schlafen können. Jedes noch so kleine Vergehen eines Asylbewerbers ist gut für eine Schlagzeile. Aber unter welchen katastrophalen Bedingungen sie bei uns leben müssen, wird totgeschwiegen.«

»Ach bitte, Anna, nicht schon wieder Flüchtlinge!«, wehrte Brenninger ab. »Ich kann es bald nicht mehr hören.«

»Genau das ist das Problem. Hast du dich schon einmal mit ihnen unterhalten? Ich meine von Angesicht zu Angesicht? Hast du sie jemals gefragt, wie es ihnen geht?«

Georg blickte verschämt auf seinen Computer. Nein, das hatte er noch nicht getan.

»Lass gut sein, Anna«, mischte sich Linz ein. »Was hat das denn mit Bruckner und Leitner zu tun?« Er sah angriffslustig aus, hatte offensichtlich eine andere Meinung zu dem Thema als seine Partnerin.

»Die VÖ spielt genau mit diesen Ängsten. Ihr kennt ja ihre Parolen: Macht die Grenzen dicht, Österreich den Österreichern. Wenn ich höre, wie die den Austritt aus der EU heraufbeschwören, wird mir übel! Dabei ist es so einfach: Will ich jemandem etwas verkaufen, schlage ich ihm nicht den Kopf ein. Der freie Handel hat uns allen seit über 70 Jahren Frieden gebracht, die längste Periode in den letzten 1.000 Jahren. Außerdem erwirtschaftet Österreich mehr als die Hälfte seines Wohlstandes durch den Export, von dem 80% in die EU gehen.

Das verschweigt die VÖ. Die Hauptsache ist, sie posaunt ihren Unsinn laut heraus. Je lauter, desto besser. Und wie wir schon aus Kindertagen wissen, wer schreit, hat unrecht. Dieser neue Klub rekrutiert Demagogen, schneller Aufstieg garantiert.«

»Aber in der Flüchtlingsfrage sind sich ziemlich alle einig, Anna. Das weißt du genau«, erwiderte Willi. Die Diskussion gefiel ihm überhaupt nicht.

»Dazu kann ich nur ein Sprichwort zitieren: Wenn alle einer Meinung sind, wird meistens gelogen.«

Brenninger war das Gespräch unangenehm geworden. Im Prinzip stimmte er seiner Kollegin zu, doch eine unkontrollierte Zuwanderung barg Gefahren. Vor allem aus Ländern, in denen kein Krieg herrschte. Wirtschaftliche Gründe konnte er nicht akzeptieren. Das Problem durfte nicht durch Schleuser gelöst werden. Er nahm sich vor, mit Anna in Ruhe darüber zu reden.

»Bevor ihr euch noch an den Haaren zieht, die Arbeit ruft. Bruckner ist zurück.«

Anna rief in den Raum: »Herr Bruckner ist soeben eingetroffen.«

Die Fernsehleute sprangen auf, griffen sich ihre Ausrüstung.

Willi sah aus dem Fenster. Tatsächlich, Bertram schlenderte zum Eingang der Gaststätte. »Der wirkt aber vergnügt«, stellte er fest. Dann öffnete sich die Tür.

Augenblicklich legten die Kameramänner los. Die ersten Journalisten drängten sich nach vorn. Mit kabellosen Mikrofonen bewaffnet, umzingelten sie den Geldboten. Die Polizisten schauten zu.

»Wie ist die Geldübergabe verlaufen, Herr Bruckner? Haben Sie den Entführer gesehen?«

Bertram stellte sich in Pose, wie Frank es ihm beigebracht hatte: ›Das Kinn hoch, Brust raus, in die Kamera sehen, als wären es Augen. So erreicht man Wähler.‹

»Den Entführer habe ich nicht gesehen. Der Anruf war kurz, ich wusste, was ich zu tun hatte.«

»Wo haben Sie das Geld deponieren müssen?«

Was ist deponieren, fragte sich Bruckner, *die stellen komische Fragen.*

»Der Anrufer hat gesagt, an welcher Stelle ich den Koffer aus dem Fenster werfen soll. Das habe ich gemacht. Anschließend bin ich sofort hierher zurückgekommen.«

»Wo genau hat die Übergabe stattgefunden?«, wollte ein anderer Reporter wissen.

»Ich glaube, die Polizei will nicht, dass ich Ihnen den Standort nenne. Ich habe, wie von Dr. Brenninger beauftragt, den Ort mit einem Sender markiert. Für mehr Informationen müssen Sie die Mitarbeiter des LKA interviewen.«

Bertram hatte genug gesagt. Er wollte gehen, den Polizisten berichten, was geschehen war. In der Drehung ließ ihn die nächste Frage aufhorchen.

Ben Salzinger vom Express brachte es auf den Punkt. »Was bedeutet die Erpressung für Ihre Karriere, Herr Bruckner? Sie kandidieren für den Landtag?«

»Es ist grausam, mich das in meiner schwierigen Lage zu fragen. Ich bin noch immer im Ungewissen, was mit den geliebten Kindern geschehen ist. Ihr Aufenthaltsort ist unbekannt, der Entführer hat mich nicht mehr kontaktiert. Aber ich kann Ihnen sagen, diese kriminellen ausländischen Subjekte müssen aus unserem Land verschwinden. Bis zu einem gewissen Grad sind wir alle gastfreundlich. Doch jetzt müssen die Grenzen dichtgemacht werden. Österreich den Österreichern! Was hier mit meinem Sohn und meiner Tochter passiert ist, kann jeden treffen. Es zeigt wieder einmal, wie stark die kriminelle Energie dieser ...«

»Sie verwirren mich, Herr Bruckner«, fuhr ihm Salzinger in die Parade. »Was hat die Erpressung mit Ausländern zu tun?«

»Der Entführer hatte eindeutig einen osteuropäischen Akzent. Das sind die Schlimmsten, die ...«

»Ein Osteuropäer?« Salzinger war in seinem Element. »Bei unserem Gespräch heute Mittag haben Sie das nicht erwähnt.«

Die Farbe wich aus Bruckners Gesicht. Seine perfekt eingeübte Rolle zerbröselte live im Fernsehen.

»Ich ... ich sollte das nicht sagen. Das hat man mir verboten.«

»Wer hat Ihnen das verboten?«, bohrte Salzinger.

Schweiß trat Bertram auf die Stirn. »Die da!«, rief er hysterisch, zeigte auf Anna. »Sie hat mir das verboten.«

Entgegen seiner Hoffnung, die Kameras würden sich auf die Polizistin stürzen, blieb sein Konterfei auf Sendung. Er stampfte einmal auf, wandte sich ab, hastete in das Hinterzimmer des Lienbachhofs. Mit Schwung knallte er die Tür hinter sich zu.

Drinnen fluchte Bruckner laut: »Diese Scheißkerle machen mir alles kaputt!« Er war wütend wie selten in seinem Leben.

»Wer macht Ihnen was kaputt?«

Der Schreck ging ihm durch Mark und Bein. Sein Herz klopfte, als ob es aus der Brust springen wollte. Steffen Hübner lag auf dem Bett, das er zuvor selbst für ein Nickerchen genutzt hatte. Mit ihm hatte Bertram nicht gerechnet. »Was machen Sie denn hier?«

»Ich ruhe mich aus, Herr Bruckner.« Steffen legte die Hände unter den Kopf, fixierte ihn mit seinem Blick. »Wer macht Ihnen was kaputt?«, wiederholte er die Frage.

»Nichts, niemand. Ich will meine Ruhe haben. Die Geldübergabe war anstrengend genug.«

»Erzählen Sie mir, wie es war, Herr Bruckner. Bitte von hinten nach vorn. Das Letzte ist Ihnen wahrscheinlich noch am besten in Erinnerung.« Mit einem Ruck setzte sich der deutsche Polizist auf.

Bertram erschrak abermals. »Ich habe das Geld aus dem Fenster geworfen, wie es mir aufgetragen wurde. Das ist alles. Ich würde jetzt gern allein sein.«

Hübner stand auf, stellte sich ganz dicht vor ihn. Ihre Nasenspitzen waren kaum zehn Zentimeter auseinander.

»So einfach können Sie es sich nicht machen, Herr Bruckner. Ich will wissen, was mit den Kindern ist. Haben Sie ein Lebenszeichen erhalten?«

Bertram konnte nicht weiter zurückweichen, er hatte die Wand erreicht. Dieser Polizist raubte ihm förmlich den

Atem.

»Nein, habe ich nicht. Der Entführer hat nichts gesagt. Ich hoffe inständig, dass er die beiden freilässt.«

»Die Kinder sind Ihr Ein und Alles, nicht wahr?«

»Ja, das sind sie. Mein Lebensinhalt. Für sie versuche ich, die Welt zu verbessern.«

Hübner riss der Geduldsfaden. Es war Zeit, Bruckner zu zeigen, dass er ihm kein Wort glaubte.

»Wie alt ist Ihr Lebensinhalt eigentlich?«

Bertram war sprachlos.

Steffen verließ den Raum.

Mareen saß im Schneidersitz neben ihrem Bruder. Seit dem Gespräch mit Amana und Adil war mehr als eine Stunde vergangen. Die Erinnerung daran wollte sie nicht in Ruhe lassen. Diese lieben Menschen hatten sie und Tommy gerettet, versorgt, vor der Kälte geschützt, obwohl sie selbst froren. *Was ist so schlecht an ihnen, dass sie unerwünscht sind,* ging ihr durch den Kopf. *Erwachsene sind doof.* Sie nahm sich vor, sie später nochmals zu fragen. Jetzt galt ihre Aufmerksamkeit ihrem Bruder, der soeben aufgewacht war.

»Hallo Tommy!« Ihr Strahlen zauberte ein Lächeln auf sein Gesicht. »Wie geht es dir? Hast du gut geschlafen?«

»Ich weiß nicht, Mareen, ich habe noch immer starke Kopfschmerzen. Und mein Bein tut weh.« Er sah sich in der Hütte um. »Wo sind wir?«

»Wir sind ganz in der Nähe von der Stelle, wo du abgestürzt bist. Siehst du, ich kann viel besser Skifahren als du.«

»Bitte nicht, Mareen. Wenn ich lache, tut es noch mehr weh.«

»Du hast eine Gehirnschüttelung. Adil hat dich gepflegt. Du wirst wieder, hat er gesagt.«

»Wer ist Adil? Ist das der Ausländer?«

Sie nahm die Ablehnung in der Stimme ihres Bruders wahr. »Er macht dich gesund, Thomas!«, erwiderte sie böse. Sie stand auf, blickte von oben herab auf ihn. Dass er sich im Ton vergriffen hatte, war ihm klar, als ihn seine Schwester mit ›Thomas‹ angesprochen hatte. Sie nannte ihn nie bei seinem vollen Vornamen.

»Es tut mir leid«, entschuldigte er sich. »Aber der Mann und die Frau sehen so … anders aus.«

»Stimmt überhaupt nicht!«, protestierte sie. »Und wenn schon. Ist das alles? Wenn sie nicht so lieb wären, würden wir zwei vielleicht schon erfroren sein.« Demonstrativ verschränkte sie die Arme vor der Brust. »Und merk dir das, sie heißen Amana und Adil!« Sie schob das Kinn vor und zog einen Schmollmund.

»Ich hab mich ja schon entschuldigt, Mareen. Wo kommen die … ich meine Amana und Adil her? Aus welchem Land?«

»Ist das wirklich wichtig?« Dicke Tränen liefen über ihr Gesicht. »Ich mag sie.« Sie ging zu dem Tisch, an dem die beiden Syrer saßen, streichelte behutsam über Amanas Wange. »Ich glaube, ich verstehe jetzt, was du meinst«, flüsterte sie der Frau ins Ohr.

Luis hatte zusammen mit seinem Kollegen Thomas Neue und mit Markus Galler vor der Gaststätte gestanden. Sie hatten die Zeit genutzt, um ohne störende Reporter den morgigen Tag zu planen.

»Ich bin spätestens um 9 Uhr hier«, sagte Markus. »Ich weiß nicht, wer alles kommen wird. Und ehrlich gesagt habe ich keine Ahnung, wo wir noch suchen sollen. Wir sind überall gewesen, auch da, wo es unmöglich scheint.«

»Was ist mit den Hütten?«, fragte Thomas, der sich bisher zurückgehalten hatte.

»Da waren wir auch. Ich persönlich habe fünf oder sechs überprüft. Keine Spuren, alles verschlossen. Die Jäger mit ihren Schneemobilen haben im Umkreis von mehreren Kilometern jeden Unterstand kontrolliert. Es ist, als wollten die Kinder nicht gefunden werden.«

Luis klopfte Markus auf die Schulter. »Es ist nicht deine

Schuld. Du und deine Leute haben viel mehr getan, als ich für machbar gehalten habe. Ohne euch hätte die Suchaktion in einem Chaos geendet. Ich war total überfordert, hätte die vielen Helfer niemals koordinieren können.«

»Stell dein Licht nicht unter den Scheffel«, erwiderte Markus. »Das hier ist meine Arbeit. Das tue ich tagtäglich. Deine Aufgaben könnte ich auch nicht übernehmen. Jeder hat das getan, was er am besten kann. Keiner braucht sich klein zu machen.«

Zaghaft fragte Thomas: »Wie groß ist die Chance, die Kinder nach dieser Nacht lebend zu finden?«

»Statistisch gesehen geht sie gegen null. Ich halte mit dem ›Wunder vom Dachstein‹ dagegen. 1985 hat ein Schwerverletzter 19 Tage in einer Spalte am Rand des Gletschers überlebt. Wer die Hoffnung aufgibt, kann keine Wunder erwarten.« Markus verabschiedete sich mit Handschlag. »Pfiat enk. Bis morgen, ich brauche Schlaf.«

Mittlerweile war es 20 Uhr. Die Medienvertreter hatten das Gebäude vor einer Weile verlassen. Anna unterhielt sich mit Steffen, Georg mit Willi. Luis und Thomas kamen herein, klopften sich gegenseitig den Schnee von den Schultern. Die 6 Polizeibeamten waren die letzten Gäste im Lienbachhof. Selbst Bruckner war auf dem Heimweg.

»Wir sollten ein Bier trinken, so als Abschluss eines harten Tages«, schlug Brenninger vor. Alle waren einverstanden. Anna bestellte vier Bier, ein Radler und für Thomas ein großes Mineralwasser. Er trank keinen Alkohol.

Ulli, die Chefin der Gaststätte, brachte die Getränke. Anna bat sie um die Rechnung.

»Bitte schreiben Sie alles zusammen auf eine Quittung. Ich lege das aus, bis wir wissen, wer bezahlen muss.« Erst jetzt fiel ihr auf, dass ein Glas mehr auf dem Tablett stand. Ulli bediente sich.

»Liebe, Frau Tanzberger, Anna. Ich bin Ulli. Das geht

auf meine Rechnung. So viele Leute haben bei der Suche geholfen. Das ist mein Beitrag. Zum Wohl!« Sie hob das Glas. »Zum Wohl!«, prosteten ihr die sechs zu.

Als sich die Wirtin zurückgezogen hatte, sprach Anna ihren Freund an. »Was ist mit dir? Du warst den ganzen Tag so still.«

Unzufrieden schüttelte Luis den Kopf. »Ihr könnt mich für verrückt halten, ich kenne Bruckner irgendwoher. Ich kann ihn bloß nicht einordnen. Aber mein Gefühl sagt mir, das war noch nicht alles.«

»Vielleicht kann ich dir helfen«, entgegnete Willi. »Ich habe mir die Fotos angesehen, die wir von seinem Handy heruntergeladen haben. Auf vier oder fünf bist du drauf. Es macht sogar den Eindruck, als ob er speziell dich fotografieren wollte. Ich schicke dir die Bilder gleich per E-Mail.«

Zehn Minuten später wurde im Lienbachhof das Licht ausgeschaltet. Steffen Hübner war in die angrenzende Postalm Lodge zu seiner Frau gegangen, die anderen in ihren Autos nach Hause gefahren.

Es schneite dicke Flocken auf der Alm.

Anna fuhr mit ihrem Freund zu Hermine. Sie wollten alles über Stefan Mannbarths Gesundheitszustand wissen. Am Telefon hatten sie nur das Nötigste besprechen können. Nachdem Mine ausführlich berichtet hatte, fragte sie, wie es auf der Postalm gelaufen war. Luis hatte das Gefühl, sein Onkel hätte sich danach erkundigt.

Er hatte seine Ausführungen gerade beendet, als sein Laptop eine neue E-Mail meldete. Linz hatte die Fotos geschickt.

Luis klickte zweimal auf das Symbol für den Anhang, die Bilder öffneten sich. Nun war ihm klar, woher er Bruckner kannte.

Kapitel 9

Luis und Anna hatten die halbe Nacht lang diskutiert. Um 8 Uhr setzten sie sich ins Auto, fuhren zum Lienbachhof. Die Inspektion in Abtenau war notbesetzt. Es war Heiligabend, keiner erwartete Probleme. Wer nicht arbeiten oder einkaufen musste und wen seine Familie entbehren konnte, stand neben dem Lienbachhof, rund 50 Menschen.

Außer Markus Galler waren Willi Linz, Dr. Georg Brenninger und zu aller Überraschung der Chef des LKA Salzburg, Oberst Hämmerle, gekommen.

Um 8:50 Uhr öffnete Ulli das Lokal. Schnell war die Menge im Gebäude verschwunden, die Kälte war beißend.

»Guten Morgen, Steffen.« Anna reichte Hübner die Hand. »Dich habe ich hier nicht mehr erwartet. Aber es ist schön, dich wiederzusehen.«

»Danke, Anna, Luis! Ich wollte mich auch nur nach dem Stand der Dinge erkundigen. Ich denke, meine Arbeit ist getan. Ich würde mich gern in den Urlaub verabschieden.«

»Alles Gute, Steffen, auch für deine Frau! Ich melde mich bei Oberst Hämmerle.« Der junge Mannbarth verließ die beiden.

Anna klärte Hübner auf: »Luis war überzeugt, Bertram Bruckner zu kennen, seit er ihm vorgestern begegnet ist. Nun ist es Gewissheit. Die Fotos aus Bruckners Handy haben ihn verraten. Die Geschichte ist so schräg, dass ich sie selbst kaum glauben kann. Tatsächlich heißt der werte Herr Bruckner Borna Babić, ist 1991 aus dem ehemaligen Jugoslawien nach Österreich geflohen. Die österreichische Staatsbürgerschaft hat er Anfang 94 erhalten. Er hat ein uneheliches Kind mit einer Frau aus der Steiermark, ist seit Jahren mit dem Unterhalt in Verzug.

Vor zweieinhalb Jahren hat ihn Luis im Zusammenhang mit Überfällen auf Geldautomaten vernommen. Die Bankautomaten wurden mit Gas gefüllt und zur Explosion gebracht. Bei 7 erfolgreichen Raubzügen wurden mehr als 450.000 € erbeutet. Der erste Fehlschlag geschah Mitte 2013 in Kuchl. Die dortige Sparkasse hatte bereits auf die neuen Automaten umgestellt, das erbeutete Geld war mit einer blauen Farbpatrone unbrauchbar gemacht worden. Die Geschichte ging damals durch die Medien. Die Gangster sind nie gefasst worden. Babić, oder Bruckner, war einer der Verdächtigen. Zu beweisen war es ihm nicht«.

»Anna, du weißt, ich halte Bruckner für ausgesprochen dumm. Aber fehlt ihm tatsächlich jeglicher Bezug zur Realität? Strebt er mit seiner Vorgeschichte ein öffentliches Amt an, noch dazu in einer fremdenfeindlichen Partei?«

»Das haben wir uns die ganze Nacht gefragt, Steffen. Ihm muss doch klar gewesen sein, dass er durch seinen Fernsehauftritt auffliegen kann. Luis hat gestern Abend noch die Kollegen in Golling gebeten, ein Auge auf Bruckner zu werfen. Wenn er versucht, abzuhauen, werden sie eingreifen. Ich hoffe aber, dass er den Ernst der Lage wirklich nicht erfasst. Ich würde ihn gern vor laufender Kamera verhaften.«

Steffen schüttelte den Kopf. Natürlich konnte er die Polizistin verstehen. Aber war es sinnvoll, was sie vorhatte? »Was wird dann aus den Kindern?«

»Wir sind uns absolut sicher. Das Einzige, das Bruckner mit ihrem Verschwinden verbindet, ist die Verletzung seiner Aufsichtspflicht.«

»Und glaubst du, dass er die Überfälle allein bewerkstelligt hat, Anna?«

»Nein, er hatte mindestens einen Partner.«

Frank Leitner saß vor dem Lederkoffer, den er seit seiner Rückkehr aus Bad Ischl nicht mehr aus den Augen gelassen hatte. Der Hinweis von Felix im Fernsehen ließ ihn nicht los. Die Warnung, das Geld wäre präpariert, hatte ihn früh genug erreicht. Allerdings waren 100.000 € ein großer Batzen Geld.

Er zermarterte sich den Kopf, ob sich wirklich eine Farbpatrone in dem Koffer befand. Es konnte auch eine Finte sein, Enzinger war für seinen miesen Humor bekannt.

Aber die Erinnerung an den Automaten in Kuchl lähmte ihn. Zwei Wochen lang waren er und Bertram in einem Waldgebiet nahe der tschechischen Grenze untergetaucht. Zwei Wochen lang in einem winzigen Zelt, kaum genug Essen für eine Person. Nochmal wollte er das nicht durchleben.

Verstörende Bilder drängten sich ihm aus dem Nebel der Vergangenheit auf. Die Annäherungsversuche seines Kumpans. Das eine Mal, das er nachgegeben hatte. Er ekelte sich, sprang auf, rannte ins Bad, duschte mit eiskaltem Wasser. Er musste zu Verstand kommen, die Erinnerungen aus seinem Gedächtnis verbannen.

Als der Schmerz an den Schläfen den Kopf zu sprengen drohte, kam Leitner die Erleuchtung. Nur mit einem Handtuch um die Hüften ging er zurück in das Wohnzimmer. Er drehte den Aktenkoffer von sich weg, öffnete umständlich den Verschluss. Mit zittrigen Fingern hob er langsam den Deckel an, darauf bedacht, dass die eventuelle Farbpatrone nicht in seine Richtung explodieren würde. Die Farbe würde die Wand und die Zimmertür besprühen, er selbst würde verschont bleiben. Nichts geschah.

Er hob den Koffer an, ließ ihn fallen, um den Mechanismus auszulösen. Wieder nichts. Noch ein Rucken. Keine Farbe.

Überrascht drehte er das lederne Behältnis zu sich. Innen befanden sich, ordentlich gestapelt, 100.000 € in Scheinen zu je 50 €. Obenauf ein Zettel mit einer handschriftlichen Nachricht.

Mit einem lauten Knall zerbarst die Tür zu seiner Wohnung. Sechs Beamte des Spezialkommandos überwältigten ihn innerhalb von Sekunden. Mehrere Maschinenpistolen waren auf seine Brust gerichtet. Kleine rote Punkte, die jede Gegenwehr zunichtemachten.

Frank Leitner hob die Hände. Die Polizisten schrien, er solle sich hinlegen mit den Händen auf den Rücken. Immer wieder, immer lauter. Doch er war unfähig, sich zu bewegen. Als man ihn unsanft auf den Boden drückte, zitierte er im Kopf die Nachricht von Bertram: *›Muss dich unbedingt sprechen! SEHR wichtig! Sind in Gefahr!!!‹*

Hätte ich nur eher in den Koffer geschaut.

Bertram Bruckner saß im Auto, war auf dem Weg zum Lienbachhof. Den Schein des treu sorgenden Vaters musste er unter allen Umständen wahren. Nicht nur seine politische Karriere hing davon ab. Wo Dorothee war, wusste er nicht. Es war ihm egal.

Der Abend allein in ihrer Wohnung hatte ihn entspannt. Nachdem ihn der Abtenauer Polizist am Vortag gegen 22 Uhr informiert hatte, dass er zur Sicherheit Polizeischutz bekam, hatte er außerordentlich gut geschlafen. Er fühlte sich wie ein VIP, eine sehr wichtige Person. Luis Mannbarth hatte den Schutz damit begründet, dass er ebenfalls bedroht worden war. Man wolle dem Erpresser keine Möglichkeit geben, auch ihn zu entführen. Oder ihm Schlimmeres zuzufügen. Bertram genoss die Aufmerksamkeit. Die Lüge hatte sich gelohnt.

Ein Polizeifahrzeug begleitete ihn bis zur Mautstelle. *So also werden Politiker beschützt,* stellte er gut gelaunt fest. Er parkte den Wagen so nah wie möglich am Eingang des Restaurants. Es war so gut wie leer. Nur die Polizisten von gestern und ein paar Fernsehleute waren anwesend. Dazu ein Offizier in Uniform. *Gott sei Dank fehlt der nervige Deutsche,* freute er sich.

»Guten Morgen zusammen«, grüßte Bruckner, bedacht, eine freundliche Miene für die Kameras aufzusetzen. Es waren nicht mehr so viele wie am gestrigen Nachmittag. Leider. Aber besser als keine. »Gibt es Neuigkeiten von den Kindern? Ich habe nichts mehr von dem Entführer gehört.« Er schaute in die Runde. Neben der Polizistin vom LKA entdeckte er Dorothee. Sie umklammerte Annas Hand wie einen Rettungsanker. Keiner sprach.

Bevor er begriff, kam Hämmerle ein paar Schritte auf ihn zu. »Herr Babić oder Bruckner, wie Sie wollen. Ich nehme Sie fest wegen des dringenden Tatverdachts des mehrfachen Bankraubs, Irreführung der Justizbehörden, Erpressung und Entführung der Kinder von Dorothee Gschwandner. Herr Mannbarth, das ist Ihre Aufgabe.«

Bruckner verfolgte das Geschehen wie in Trance. Das Klicken der Handschellen, die Belehrung über seine Rechte, das Blitzlichtgewitter der Journalisten. Nur die traurigen Augen von Dorothee drangen zu ihm durch.

Luis führte ihn in das Hinterzimmer, dieses Mal als Gefangenen. Jetzt erst bemerkte Bertram, dass das einzige Fenster im Raum vergittert war. Ein Schutz vor Einbrechern - und ein Vorgeschmack auf seine nächsten Jahre. Der Polizist verließ den Raum, schloss die Tür. Der Schlüssel wurde zweimal von außen im Schloss gedreht.

Nach einer Ewigkeit betraten Anna und der Offizier die provisorische Zelle. *Wie erst fühlen sich Jahre im Gefängnis an,* dachte Bruckner ängstlich.

»Herr Babić, ich bin Oberst Hämmerle. Meine Kollegin Tanzberger kennen Sie bereits. Sie haben gehört, was Ihnen zur Last gelegt wird. Möchten Sie sich dazu äußern?«

An Bertrams Haltung hatte sich nichts geändert. Mit glasigem Blick starrte er vor sich hin. Die Frage schien an ihm abzuprallen.

»Herr Babić, Herr Bruckner, sagen Sie uns, wo die Kinder sind!«, forderte ihn Anna auf. »Das wird sich strafmildernd auf das Urteil auswirken. Hören Sie mich, Herr Bruckner?«

Wie in Zeitlupe hob er den Kopf, öffnete den Mund. »Ich weiß nicht, wo die Kinder sind. Als ich begonnen habe, sie zu suchen, waren sie schon weg. Alles andere war Franks Idee. Für die Karriere. Eine Erpressung würde sich im Lebenslauf gut machen.«

Die Kriminalbeamten wandten sich von ihm ab, gingen hinaus. Sie waren sich einig, er war der Mühe nicht wert. Und das, was er gesagt hatte, war die Wahrheit.

Niedergeschlagen setzte sich Anna auf den Platz neben Dorothee.

»Was jetzt?«, fragte sie ihr Freund. »Wir können doch nicht einfach warten, oder?«

»Keine Ahnung, Luis. Wir wissen nicht einmal, ob sie noch leben.«

»Doch. Das kann ich fühlen«, widersprach Doro leise. »Eine Mutter fühlt das. Sie leben und es geht ihnen gut.« Sie ergriff Annas Hand, drückte sie ganz fest, versuchte zu lächeln. Es klappte nicht.

Ben Salzinger kam auf sie zu. Die übrigen Reporter hatten das Lokal mit der Schlagzeile verlassen, die Übertragungswagen der Postalm den Rücken gekehrt.

Er kniete sich vor Dorothee, sprach sie vorsichtig an. »Ich bin Ben, arbeite für die Zeitung, Frau Gschwandner. Wenn Sie ein aktuelles Bild Ihrer Kinder haben, will ich es gern mit einem Hinweis veröffentlichen. Keine große Geschichte, nur dass sie vermisst werden.«

Thomas hatte sich erholt. Die warme Suppe am Abend, der tiefe Schlaf in der Nacht hatten ihm gutgetan. Die Kopfschmerzen waren zwar noch da, aber er fühlte, es ging bergauf. Seit einer halben Stunde diskutierte er mit seiner Schwester über sein Befinden. Er wollte aufstehen, sie war dagegen.

»Du hast gehört, was Adil gesagt hat, Tommy. Du brauchst noch Ruhe. Ich kümmere mich um dich, du brauchst keine Angst zu haben.«

»Ich will nach Hause. Ich vermisse Mama. Ich will zu einem richtigen Arzt.«

Kaum hatte er den letzten Satz ausgesprochen, wusste er, dass es ein Fehler war.

»Wie kannst du sowas sagen, du Blödmann?!«, fauchte ihn Mareen an. »Adil ist Arzt, ein toller! Sonst würde es dir nicht so gutgehen. Ich finde, du bist gemein! Ich mag Amana und ihn. Ich habe sie eingeladen, bei uns zu wohnen.«

Thomas biss sich auf die Zunge. Wenn seine Schwester so drauf war, hatte er keine Aussicht auf Erfolg. Er würde antworten, sobald sie sich beruhigt hatte.

Amana setzte sich neben ihn. »Ich weiß, du bist verunsichert. Aber glaube mir, wir wollen nur, dass es euch beiden gutgeht. Sonst wären wir längst verschwunden. Mein Mann hat dich versorgt. Er hat einen Eid geleistet, zu helfen. Es ist egal, welche Hautfarbe, Religion oder Gesinnung der Kranke hat. Adil ist Arzt.«

Tommy richtete sich auf. »Wo haben Sie so gut Deutsch sprechen gelernt?«

Amana lachte. Unter allen möglichen Fragen suchte sich der Junge ausgerechnet eine so banale aus. »Ich habe in Wien studiert. Ich bin Ingenieurin. Adil, mein Mann, hat in München seinen Doktor in Medizin gemacht. Du siehst, der Unterschied liegt hauptsächlich in der Kleidung.«

»Seid ihr Moslems?«

»Du bist wie deine Schwester, weißt du das? Nein, wir sind keine Moslems. Wir sind orthodoxe Christen.«

»Was bedeutet orthodox?«

»Es gibt ein paar Dinge, die wir anders betrachten. Zum Beispiel sprechen wir in der Messe eine andere Sprache. Aramäisch, die Sprache Jesu. Ich würde dir gern mehr darüber erzählen, aber du musst dich wieder hinlegen. Du musst gesund werden, auch deiner Schwester zu liebe.«

Thomas gehorchte. Seine Lider wurden schwer, das Sprechen hatte ihn angestrengt. Bevor er einschlief, überlegte er: *Die Sprache Jesu. Kennen sie auch Weihnachten?*

Mareen drückte Amana, so fest sie konnte. »Er meint es nicht böse. Er weiß es nur nicht besser.« Sie legte sich neben ihren Bruder, fand jedoch keinen Schlaf. Also löcherte sie die Frau mit Fragen über das Leben in Syrien.

Adil schürte das Feuer, achtete darauf, dass es an blieb. Das siebenjährige Mädchen faszinierte ihn. Ihre Fragen waren nicht dumm, ihre Antworten nicht kindlich. Die Kleine sog alles, was sie erzählten, auf wie ein Schwamm. Ihre Fragen zum Leben vor dem Krieg beantwortete er gern. Über die Zeit im Krieg wollte er nicht reden.

Als Mareen endlich schlief, setzte sich Amana neben Adil. »Hast du noch mal darüber nachgedacht, wie wir die Kinder zu ihrer Mutter bringen können?«

»Schon, aber mir fällt keine Lösung ein. Das Fieber von Thomas ist fast weg. Wenn die Temperatur auf ein normales Niveau gesunken ist, brechen wir auf. Bis Wien ist es weit. Es ist kalt, wir werden lange brauchen. Unsere Freunde werden uns aufnehmen. Unsere Gemeinde uns beschützen.«

»Was ist nur aus dir geworden, mein Geliebter?« Sie schaute ihn traurig an. »Es ist Weihnachten. Jesus wurde heute geboren, vielleicht in einer Hütte wie dieser. Maria und Josef erging es nicht besser als uns. Die Winter in Bethlehem können hart sein. Aber sie hätten die Kinder nie zurückgelassen. Weder ihr eigenes, noch die einer anderen Mutter.«

»Es geht nicht anders. Die Kinder oder wir«, erwiderte Adil schroff. »Wenn ich wählen muss, dann wir.«

Amana strich mit ihrer Hand über sein Gesicht. Er schloss die Augen, gab sich ganz der zärtlichen Berührung hin. »Bitte«, flüsterte sie.

Um 12 Uhr hatte Markus die Suche eingestellt. Eine schwere Entscheidung, die er zuerst mit Dorothee besprochen hatte. »Es tut mir unendlich leid, Doro. Wir können sie einfach nicht finden. Sie werden seit über 40 Stunden vermisst. Es muss schon ein Wunder geschehen. Dafür bin ich leider nicht zuständig.«

Dorothee bedankte sich bei ihm wortlos mit einer Umarmung. Ohne Vorwarnung sackte sie zusammen. Markus konnte sie gerade noch auffangen.

Der herbeigerufene Arzt gab ihr eine weitere Spritze. »Nicht die feine Art«, kommentierte er sein Handeln. »Aber es wird sie beruhigen, zumindest ein paar Stunden.« Die Helfer waren auf dem Weg nach Hause.

Die vier Polizisten vom LKA, Luis, Markus und Ulli Buchegger saßen am Tisch.

Ulli versuchte, zum Alltag zurückzukehren. »Werden die Lifte morgen offen sein?«

»Das kann ich Ihnen nicht beantworten, Frau Buchegger«, antwortete der Oberst. »Die Entscheidung fällt Ihr Bürgermeister. Wir können ihm da nicht reinreden.«

»Wir haben das ganze Gebiet zweimal auf den Kopf gestellt«, sagte Luis mit betroffener Mine. »Deshalb glaube ich, der Skibetrieb wird wieder aufgenommen. Die Postalm länger geschlossen zu halten, ist keine Lösung. Abgesehen vom Verlust der Einnahmen, können wir nicht ewig suchen. Was denkst du, Markus?«

»Das ist wohl wahr. Das Einzige, was uns für Mareen und Thomas bleibt, ist Hoffnung.«

»Ich mag meine Arbeit nicht mehr«, meinte Anna. »Was nützt es, die schmierigen Kerle dingfest zu machen, wenn wir die Guten und Unschuldigen dadurch nicht retten können. Irgendetwas müssen wir unternehmen! Hat denn keiner eine Idee?«

Alle sahen betroffen zu Boden. Sämtliche Möglichkeiten waren ausgeschöpft. Ein Hubschrauber mit Wärmebildkamera, zahllose freiwillige Helfer, selbst ein Hundeführer aus Abtenau hatte sich der Suchaktion angeschlossen.

Das Handy des Obersts klingelte.

»Hämmerle?«, meldete er sich kurz angebunden. Er hörte zu, sagte ab und an: »Ja«. Schließlich beendete er das Gespräch mit einem freundlichen: »Vielen Dank, Herr Kollege, Ihnen auch ein frohes Weihnachtsfest.«

»Felix Enzinger wurde gerade in seinem Hotel

festgenommen. Ihm wird die Beteiligung an einer räuberischen Erpressung zur Last gelegt. Sein Anwalt wird ihn wahrscheinlich auf freien Fuß bekommen, doch eine Nacht wird er in der Zelle verbringen. Der Philanthrop und Gönner ist zum Verbrecher geworden. Die Medien werden sich sicher noch heute Abend darauf stürzen.«

»Die Medien. Ein gutes Stichwort, Herr Oberst. Was ist mit der Story von Herrn Salzinger?«, fragte Anna. »Bisher ist nichts gedruckt worden.«

»Ist das der Mann, der bei uns angerufen hat?«

»Ja, das ist der Mann. Ich würde ihm gern die Genehmigung zur Veröffentlichung geben, er hat uns sehr geholfen.«

Hämmerle war einverstanden.

Der Lienbachhof lag verlassen in der Dämmerung. Die Außenreklame der Bierfirma warf ihr spärliches Licht auf die Stufen vor dem Eingang. Das einzige Fahrzeug auf dem großen Parkplatz war ein blauer Mercedes mit deutschen Kennzeichen.

In der Postalm Lodge ging Steffen Hübner auf und ab. Kathrin, seine Frau, hatte sich in ›Almtod‹ vertieft, einen Kriminalroman über die Postalm, der gerade erschienen war. Obwohl sie aufmerksam las, machte ihr Mann sie nervös. »Willst du dich nicht endlich setzen? Du hast versucht was, möglich war. Mehr kann niemand verlangen.«

»Keiner hat etwas verlangt. Alle waren außerordentlich nett. Besonders hat mich beeindruckt, wie sehr die Menschen bis zum Schluss gehofft haben. Ich war gern ein Teil ihrer Gemeinschaft. Und es macht mich verrückt, dass wir die Kinder nicht gefunden haben.«

Kathrin legte ihr Buch zur Seite. Sie wusste, er würde keine Ruhe geben. »Was willst du tun?«

»Beten.«

»Du willst beten? Du, der in die tiefsten Abgründe gesehen hat? Der jedes Vertrauen in die Menschlichkeit verloren hat? Du willst jetzt damit anfangen?«

»Heute ist Weihnachten. Wenn nicht jetzt, wann dann?«

Vergeblich versuchte er, sich zu konzentrieren. Seit seiner Firmung vor fast 30 Jahren hatte er nicht mehr gebetet. *Wie war noch mal die Reihenfolge,* überlegte er, *muss ich knien? Hat das überhaupt Sinn?* Steffen war unzufrieden. Unruhig wie er war, stand er auf, Stillsitzen war keine Lösung. Nun ging er im Kreis.

»Jetzt ist aber Schluss!«, rief Kathrin aus. »Falls dir etwas eingefallen ist, tu es. Falls nicht, setz dich hin, gib Ruhe, entspann dich. So kann das nicht weitergehen.«

»Das ist es ja eben, ich weiß nicht, was ich unternehmen kann. Aber ich kriege das Gefühl, ich müsste weitermachen, einfach nicht los. Seit dem Mittag stelle ich mir vor, es wären unsere Kinder. Würde ich die Suche fortsetzen, obwohl ich weiß, dass fähige Leute ihr Bestes gegeben haben? Würde ich noch mal mit Bruckner reden? Vielleicht hat er ja wieder gelogen. Würde ich einen Hubschrauber mieten, um ein weiteres Mal die Postalm zu überfliegen, obwohl ich die technische Ausrüstung nicht hätte? All das geht mir durch den Kopf. Ein Wunder muss her, Kathrin!«

»Hast du deshalb gebetet?«

»Ich glaube, ja. Ich habe es versucht«, antwortete er abwesend.

»Dann lass uns ins Dorf fahren und in die Kirche gehen. Im Amtsblatt, das neben dem Fernseher liegt, steht, dass die Messe um 19 Uhr beginnt. Schaden kann es nicht, aber dich vielleicht beruhigen. Wir hätten selbst noch Zeit, vorher eine Kleinigkeit essen zu gehen. Ich ziehe mir den Mantel über, wir können sofort los.«

Überraschenderweise protestierte Steffen nicht. Er band sich den Schal um, zog Handschuhe und Winterstiefel an, schloss die Jacke.

Nachdem sie das Auto vom Schnee befreit hatten, fuhren sie ins Tal. Eine feine Schicht aus frischem Schnee lag auf der Straße. Alles sah so unberührt und feierlich aus.

Adil hatte kurz nach halb fünf die einsam gelegene Hütte verlassen. Er hatte sich mit seiner Frau gestritten, brauchte frische Luft. Er bahnte sich einen Weg durch den hohen Schnee, bis er außer Sichtweite der Unterkunft war.

»Ich weiß, lieber Gott«, sagte er in seiner Muttersprache, »es ist dein Fest. Ein Fest der Liebe und Hoffnung für alle Menschen. Vor allem für Kinder. Bitte mach, dass es für uns nicht so schwer wird.« Am Ende seiner psychischen Kraft angelangt, ging er weiter und weiter, bis der Lienbachhof in Sicht kam. Kein Mensch war zu sehen.

Hoffnungslosigkeit kroch ihm in die Glieder. Irgendjemand musste doch noch da sein. An einer Hinweistafel, der einzig beleuchteten Stelle außer der Bierreklame, erblickte er einen hölzernen, alten Schlitten mit elegant geschwungenen Kufen. *Echte Handwerkskunst, das wird heutzutage gar nicht mehr hergestellt,* bewunderte er das schöne Stück.

Ohne lange zu überlegen, nahm er ihn an sich, zog ihn an der Schnur hinter sich her. Er hatte sich entschieden. Mareen und Thomas mussten nach Hause.

So schnell er laufen konnte, machte er sich auf den Rückweg. Zu glauben, das eigene Wohl stünde über dem der Kinder, hatte ihn verblendet. Seine Frau hatte wie immer recht. Dass ihr eigenes Kind nicht mehr lebte, war nicht ihre Schuld. Mareen und Thomas von ihrer Mutter zu trennen, wäre es.

Anna war am Ende ihrer Kraft. Sie war mit Luis zum Dorfplatz gefahren. Als sie die vielen Leute vor der Kirche sah, war ihr nicht mehr nach Weihnachten zumute. Sie wollte es besinnlich, die vielen Gläubigen bereiteten ihr Unbehagen. Sie wusste, sie könnte ihre Gefühle nicht zurückhalten.

»Es tut mir leid, Luis«, sagte sie, legte ihm eine Hand auf den Oberschenkel. »Ich bin nicht in der Stimmung, mit so vielen Menschen zusammen ein Fest zu feiern, das all das ausdrücken soll, was mir fehlt. Ich kann da nicht hineingehen, ohne die Frage zu stellen, warum uns Gott das antut. Auf Heiligabend. Ich setze dich ab und fahre nach Hause. Ich muss allein sein. Sei mir bitte nicht böse.«

Luis kannte sie besser als jeder andere. Nachdem sie ihr traumatisches Erlebnis in einem Kellerverlies überwunden hatte, hatte sie sich ihm geöffnet. Alles über sich erzählt, von ihrer Kindheit bis zu dem Zeitpunkt, als sie sich kennenlernten. Sie war eine ungemein emphatische Frau. Dass sie die Kinder nicht hatte zurückbringen können, ließ sie verzweifeln.

»Ist schon gut, Anna. Die anderen haben sicher auch Verständnis dafür.« Er nahm ihr Gesicht in die Hände, gab ihr einen zärtlichen Kuss. Dann stieg er aus, winkte ihr zum Abschied zu.

Irgendwas muss ich doch tun können, dachte sie, startete ihren Audi Cabrio.

Die Glocken der Pfarrkirche St. Blasius in Abtenau läuteten für die erste Christmette. Es war kurz vor 19 Uhr, das Gotteshaus bis auf den letzten Platz gefüllt. Viele standen rechts und links der Sitzbänke. Sogar ein Team vom öffentlichen Fernsehen war zugegen. Ein so volles Haus war selbst zu Weihnachten unüblich.

In der ersten Reihe auf der linken Seite saß Dorothee Gschwandner. Nun schon eine Stunde wartete sie auf den Beginn der Heiligen Messe. Im Gang rechts neben ihr saß Stefan Mannbarth in einem Rollstuhl. Er hatte das Krankenhauspersonal so lange terrorisiert, bis man ihn gelassen hatte.

»Ich habe Diabetes«, hatte er durch den Flur geschrien, »und nichts gebrochen! Ich gehe dahin, mit oder ohne eure Zustimmung!« Der Sanitäter in der Reihe hinter ihm war das Friedensangebot des Hospitals. Hermine, Stefans Frau, saß an seiner Seite.

Luis hatte links von Dorothee Platz genommen. Willi Linz, sein Freund und Lebenspartner Rudolf Brandner,

Kathrin und Steffen Hübner, Dr. Brenninger, als letzter Oberst Hämmerle komplettierten die Reihe. Nur Anna fehlte.

Brenninger war geschieden, die Frau des Obersts im Herbst einem Krebsleiden erlegen. Sie fühlten sich gut aufgehoben im Kreis ihrer Kollegen und Freunde.

Die Messdiener betraten den Kirchraum, die Orgel begann zu spielen.

Doch dann öffnete sich die Tür zur Kirche noch einmal. Ein blonder, sonnengebräunter Mann mit breiten Schultern lief den Mittelgang entlang. Viele Köpfe drehten sich, einige Besucher begannen zu tuscheln.

Auch Stefan sah sich um. »Schau mal, wer gekommen ist«, sagte er zu Dorothee. Dabei fasste er ihre Hand, wollte sie bei dem, was nun kommen würde, unterstützen.

Es war Josef Gschwandner, Doros Nochehemann. Nach dem Anruf von Luis hatte ihn die Reederei über Satellitentelefon informiert. Die Nachricht vom Verschwinden seiner Kinder hatte ihn zu einem sofortigen Aufbruch in die Heimat veranlasst. Er hatte mehrmals umsteigen müssen, im Flugzeug geschlafen, war ungewaschen in Salzburg gelandet, mit dem Taxi hierhergefahren. Er wusste genau, wo er Dorothee finden konnte. Als er sich vor sie stellte, brachen bei beiden alle Dämme. Weinend, im Schmerz um die Kinder vereint, war vergessen, was sie einst entzweit hatte.

Der Pfarrer gab dem Organisten ein Zeichen, das angestimmte Lied zu unterbrechen.

»So viel Zeit werden wir wohl haben«, sprach er zur Gemeinde. »Geben wir ihnen 5 Minuten.«

Luis rückte zur Seite, jeder andere in der Reihe tat es ihm gleich. Josef sollte den Platz neben seiner Frau einnehmen.

Nachdem Ruhe eingekehrt war, richtete Pfarrer Semmeling das Wort an die Anwesenden.

»Wir sind heute hier zusammengekommen, um die Geburt Jesu Christi, unserem Erlöser, zu feiern.« Er räusperte sich, auch ihm gingen die vermissten Kinder zu Herzen. »Viele von euch sehe ich heute zum ersten Mal. Ein gutes Zeichen, es ist nie zu spät. Bevor wir mit der Messe beginnen, möchte ich Sie bitten, gemeinsam mit Dorothee und Josef für das Wohl ihrer Kinder Mareen und Thomas zu beten. Der allmächtige Gott möge sie beschützen und wohlbehalten zurückbringen. Vater unser …«

Wie ein Chor aus tausend Stimmen halte das Gebet in die Nacht hinaus.

Als Adil hereinkam, sah er die Geschwister angezogen auf der Bank, die als Krankenlager gedient hatte, sitzen. Die Hütte war gefegt und aufgeräumt, alles lag an seinem Platz. Ein weißes Blatt Papier mit einer Entschuldigung und dem Hinweis, dass die fehlenden Decken in Abtenau beim Pfarrer waren, lag auf dem Tisch. Amana war bereit.

»Du wärst ohne mich gegangen?«, fragte er seine Frau erstaunt.

Verlegen schaute sie zu Boden. Diese Konfrontation hatte sie zu vermeiden gesucht. »Ja.«

»Du bist eine wunderbare Frau, Amana. Ich habe dich überhaupt nicht verdient.« Liebevoll nahm er sie in den Arm. Die Kinder schauten wortlos zu. Ihre eigenen Eltern hatten sie schon lange nicht mehr so innig vereint gesehen.

Außer ihrer Kleidung besaßen die beiden Flüchtlinge nichts von Wert. Ihre Pässe, der Nachweis, dass sie um Asyl gebeten hatten, ein paar Fotos als Erinnerung waren ihre gesamte Habe. Amana hatte alles im Mantel verstaut. Nach wenigen Minuten traten die vier den Weg hinunter ins Dorf an.

Thomas wurde auf den Schlitten gesetzt, mit Schaffell und Decken warm eingepackt. Mareen hielt sich an Amanas Hand fest. Es konnte losgehen.

Der Pfarrer bereitete sich für die Predigt vor. Er öffnete die Bibel, zog an dem goldenen Band, dass die Stelle, die er vorlesen wollte, markierte. Er wollte von der Geburt des Christuskindes sprechen, von dem Stall, in dem Ochs und Esel standen. Von dem Stern, der aufgegangen war, um die Geburt des Heilands zu verkünden. Doch er besann sich. »Es tut mir leid, liebe Gemeinde. Es fällt mir schwer, die richtigen Worte zu finden. Wir feiern den Jahrestag einer besonderen Geburt. Einer Geburt, die alles für uns Menschen verändert hat. Gnade ist uns zuteilgeworden, Hoffnung auf ein ewiges Leben, Hoffnung auf ein Wunder.

Gerade heute ist unser Wunsch nach einem Wunder besonders stark. Wir wünschen uns Frieden und Liebe, wir wünschen uns Gesundheit für die Menschen, die uns am Herzen liegen. Und manchmal findet das Wunder auch statt. Es beginnt in uns selbst. Wir müssen glauben, um es zu sehen. Wir müssen daran glauben, dass es wahrhaftig wird.

Seit gestern wird die Gemeinde von einem Schicksalsschlag heimgesucht. Zwei Kinder, Mareen und Thomas, sieben und elf Jahre alt, werden vermisst. Die große Anteilnahme und Hilfsbereitschaft von euch allen hat mich zutiefst berührt. Obwohl ihr eigene Familien habt, machten sich so viele auf, um die Eltern zu unterstützen. Für euch alle möchte ich beten. Für die Kinder, die Eltern. Gebt niemals auf, zweifelt nicht, der Heiland hält seine Hand über uns.«

Der Weg Richtung Abtenau war beschwerlich. Der Schlitten wurde auf der abschüssigen Fahrbahn immer schneller. Mareen und Amana konnten oft nicht Schritt halten. Erst als es am Sattel des Einberges aufwärtsging, holten sie Thomas und Adil ein. Doch von nun an würde es stetig bergab gehen.

»Soll ich laufen?«, wollte Tommy wissen, der inzwischen fror.

»Auf keinen Fall, mein Junge«, erwiderte Adil, »noch bin ich dein Arzt. Mit diesem Bein kannst du nicht laufen. Mit deiner Gehirnerschütterung darfst du dich nicht anstrengen. Wenn es sein muss, trage ich dich.«

Seine Frau und das Mädchen standen hinter ihm. *Wie soll ich alle gesund ins Tal bekommen,* fragte er sich. Sie waren erst eine halbe Stunde unterwegs, mindestens drei Stunden würde es dauern. Sie hatten sich entschieden, würden so lange weitergehen, bis sie die Kinder zu ihrer Mutter gebracht hatten.

Anna war noch einmal zur Alm hinaufgefahren. Auf der Straße lag ein dünne Schicht Schnee, die Schranken der Mautstelle standen offen. Sie stellte das Auto auf dem großen Parkplatz ab, unternahm mit einer Taschenlampe in der Hand einen letzten Kontrollgang.

Was sie zu finden hoffte, warum sie noch einmal hierhergefahren war, konnte sie sich selbst nicht beantworten. Statt auf der Bundesstraße zu bleiben, war sie automatisch auf den Abzweig zur Postalm abgebogen. Unterbewusst, intuitiv. Ihr war nicht nach Feiern zumute, nicht ohne die Kinder.

Sie lief bis zur Jugendherberge, rüttelte an der Tür. Verschlossen. In keiner der Gaststätten und Hütten brannte Licht. Resigniert trat sie den Rückweg an.

Inständig hatte sie gehofft, doch noch ein Lebenszeichen zu entdecken. Umso mehr wurde sie enttäuscht. So still und einsam hatte sie diesen herrlichen Fleck Erde noch nie erlebt. Sie ließ sich in den Sitz fallen, gab sich der Hoffnungslosigkeit hin, die mehr und mehr Besitz von ihr ergriff. Regungslos saß sie in ihrem Wagen und weinte, bis die Kälte sie in die Realität zurückholte.

Anna startete den Motor, lenkte das Auto in Richtung Abtenau. Die seltsame Spur im Schnee fiel ihr sofort ins Auge. Fußabdrücke von zwei Erwachsenen und einem Kind, eine Schlittenspur.

»Wer ist denn jetzt noch unterwegs?«, dachte sie laut, fuhr vorsichtig die gewundene Straße entlang, folgte den Spuren.

Der Schlitten schien schwer zu kontrollieren zu sein. Die Linien, die die Kufen gezogen hatten, scherte ständig aus. Die Abdrücke der Schuhe zogen lange Schlieren. Es war glatt geworden.

Hinter dem Einbergsattel erfasste ihr Scheinwerferlicht die Silhouetten von drei Personen. Ein Kind mit langem blonden Haar und einer Strickmütze, zwei Erwachsene, von denen einer den Schlitten zog.

Annas Herz schlug bis hinauf zum Hals. Vorsichtig bremste sie den Wagen ab, hielt unmittelbar hinter den Leuten. Auf dem Schlitten saß ein Junge, eingepackt in dicke Wolldecken.

Das sind Mareen und Thomas, jubelte sie innerlich. *Und sie sind wohlauf. Das müssen sie einfach sein!* Wer die beiden Erwachsenen waren, würde sie umgehend feststellen.

»Halt! Stehen bleiben! Ich bin von der Polizei«, rief sie, sobald sie aus dem Auto gesprungen war.

Amana zuckte zusammen. Sie und ihr Mann kamen der Aufforderung nach.

»Bist du Mareen?«, fragte Anna das kleine Mädchen.

»Ja, ich bin Mareen Gschwandner. Auf dem Schlitten sitzt mein Bruder Tommy. Wir wollen zusammen ins Dorf, zu unserer Mama. Die ist sicher in der Kirche. Kannst du uns mitnehmen?«

Anna kniete sich in den Schnee, umarmte das Mädchen, vergoss Freudentränen. »Ich bin ja so froh! Geht es dir gut? Was ist mit Thomas? Haben die Leute euch etwas angetan? «

Die Kleine schaute Anna erschrocken an. Sie drückte sich von ihr weg. »Sie haben uns gar nichts getan!«, rief sie wütend aus. »Sie haben uns gerettet. Tommy würde nicht mehr leben, hätte ihn Adil nicht gesundgemacht und Amana sich nicht um ihn gekümmert! Mein Bruder und ich wären erfroren. Wenn du Amana und Adil was tun willst, bleibe ich bei ihnen. Dann werde ich nicht mit dir mitfahren.«

»Ich auch nicht«, stimmte Thomas zu, der vergeblich

versuchte, aufzustehen.

Anna blickte in die verängstigten Gesichter der beiden Erwachsenen. Was war geschehen?

»Mein Name ist Adil Kalil, das ist meine Frau Amana. Wir sind die Flüchtlinge aus Syrien, die vor drei Tagen aus dem Asylantenwohnheim geflohen sind. Wir sollten in ein anderes Lager gebracht werden. Aus Angst vor dem, was uns erwartet, haben wir uns auf den Weg nach Wien gemacht. Wir haben dort Freunde. Weiter als bis hier hinauf sind wir nicht gekommen. Wir hatten uns in einer Hütte versteckt. Zufällig habe ich die Kinder im Schnee gefunden. Mareen lag schlafend auf ihrem bewusstlosen Bruder. Ich bin Arzt, habe den Jungen behandelt. Wenn Sie uns an die Behörden übergeben wollen, ist das in Ordnung.«

Anna kniete noch immer vor Mareen. Fassungslos sah sie in die Gesichter des syrischen Ehepaares. »Korrigieren Sie mich bitte, wenn ich etwas falsch verstanden habe. Sie sind Flüchtlinge, sprechen einwandfreies Deutsch. Sie, Herr Kalil, sind Arzt und haben das Leben der Kinder gerettet. Jetzt sind sie auf dem Weg ins Dorf. Um Mareen und Thomas an ihre Mutter zu übergeben?«

»Das ist richtig, Frau Polizistin. Es ist Weihnachten. Kinder sollten bei ihren Eltern sein«, antwortete Amana.

»Was sagst du dazu, Mareen?«, wollte Anna von dem Mädchen wissen.

»Tommy und ich hatten uns in der Dunkelheit verfahren. Der Schnee war so dicht geworden, wir konnten nichts mehr sehen. Dann ist Tommy abgestürzt und hat sich den Kopf verletzt. Ich habe mich auf ihn gelegt, um ihn zu wärmen. Ich weiß noch, dass ich dolle gefroren habe. Dann weiß ich nichts mehr.«

»Meine Schulter war ausgerenkt«, fügte Thomas hinzu. »Ich hatte eine Gehirnerschütterung und ein verdrehtes Bein. Adil hat mir geholfen, er ist ein sehr guter Arzt. Amana war ganz lieb zu uns. Bitte tun Sie ihnen nichts.«

Anna ging zu dem Jungen, hielt sein Gesicht in ihren

176

Händen. Sie konnte sehen, dass er in großer Sorge um die beiden Flüchtlinge war.

»Hier stehen zu bleiben, wäre verrückt. Wir holen uns den Tod bei dem Wetter«, sagte sie, schaute die vier der Reihe nach an. »Ihr kommt alle mit zu mir ins Auto, gemeinsam werden wir eure Mama schon finden. Du sagst, sie wird in der Kirche sein? Genau da will ich auch in.«

»Darf ich erfahren, warum Sie geflüchtet sind?«, fragte Anna, die den Audi vorsichtig über die Serpentinen steuerte. »Nicht aus Syrien, das kann ich mir vorstellen. Soviel ich weiß, sollten Sie lediglich in eine andere Unterkunft gebracht werden. Ich heiße übrigens Anna, Anna Tanzberger.«

»Die Zustände in diesen Auffanglagern sind unerträglich. Zweihundert Menschen aus verschiedenen Kulturkreisen und Religionen in einem Gebäude. Vier Toiletten, zwei Duschen«, antwortete Amana. »Manche Männer pinkeln einfach in den Flur. Ihre Söhne sind nicht besser. Frauen sind entrechtet. Und wenn wir zeigen, dass wir Christen sind, ist es noch viel schlimmer.«

»Haben Sie nicht mit dem Aufsichtspersonal gesprochen? Ihr Deutsch ist absolut perfekt.«

»Sie waren noch nie in so einem Heim, oder?«, fragte Adil. »Dort haben die Stärksten das Sagen. Aufseher halten die Hand auf, schauen weg, wenn etwas Illegales läuft. Ich möchte vor den Kindern nicht darüber reden, was Männer mit Männern tun, wenn sie gelangweilt sind. Oder mit Frauen. Die neue Unterkunft werden wir uns mit noch mehr Menschen teilen müssen.«

In Anna stieg Wut hoch, sie fühlte die Machtlosigkeit der Leute. Dieses Ehepaar war gekommen, in der Hoffnung, hier sicher zu sein. Das Gegenteil war alltägliche Realität geworden. Die Vorwürfe kamen nicht von ungefähr.

»Noch ist es nicht soweit, Amana, Adil«, beschloss sie. »Zuerst gehen wir in die Kirche. Danach werden wir weitersehen.«

Je tiefer sie ins Tal kamen, je besser wurden die Straßenverhältnisse. Sie fuhren vorbei an reich geschmückten Häusern, die von tausenden kleinen Lichtern erhellt wurden. Ein junger Mann hüpfte um ein Auto, wahrscheinlich ein Geschenk.

Sie erreichten Abtenau nach einer 30-minütigen Fahrt. Den größten Teil der Strecke hatten sie geschwiegen. Als die Weihnachtsbeleuchtung über der Straße in Sicht kam, war Mareen nicht mehr zu halten. Alles glänzte, die Marktgemeinde hatte sich herausgeputzt. Sie freute sich riesig. Anna lenkte den Wagen auf den Kirchplatz, der zu einem Weihnachtsmarkt geworden war. Sie hielt erst an, als sie direkt vor der Pfarrkirche standen.

»Ich weiß nicht, ob ich mit hineingehen kann«, sagte Adil nach einer längeren Zeit des Schweigens. »Ich will nicht, dass mich alle anstarren wie ein Tier im Zoo.«

»Ich werde deine Hand nehmen«, sagte Thomas. »Wir gehen gemeinsam.«

Sie standen vor der Kirchentür, keiner wagte, den ersten Schritt zu gehen. Sie hörten, wie ein neues Lied angestimmt wurde. Stille Nacht, Heilige Nacht.

Anna drückte die Klinke herunter, die Tür schwang auf. Der Geruch von Weihrauch wehte ihnen entgegen. Kerzen erleuchtetem die Kirche in festlichem Licht.

Der Erste, der die Ankömmlinge sah, war Pfarrer Semmeling. Er stockte mitten im Gesang. Die Orgel verstummte. Nun drehten sich die Köpfe einzelner Besucher um. Es war so still geworden, dass man die tapsigen Schritte von Mareen noch im hintersten Winkel hören konnte. Stille Nacht, Heilige Nacht.

Die Kinder hatten ihre Mutter schnell ausgemacht. Und ihren Vater. Laut »Mama! Papa!« rufend, rannte Mareen los. Thomas hielt Adils Hand fest in seiner, ließ sich von ihm stützen. Anna und Amana traten als letzte ein. Gemeinsam gingen sie langsam durch die Reihen, bis sie ganz vorn beim Pfarrer angekommen waren.

Stefan griff nach Anna, hielt ihre Hand an seine Wange. Sie wusste nicht, wie er es geschafft hatte, hier zu sein. Seine Geste erfüllte sie mit einer Wärme, die sie lange nicht mehr gefühlt hatte. Mit der anderen griff Stefan nach Adil. Er sagte: »Danke, Herr Doktor, vielen Dank!« Die Männer kannten sich aus dem Asylantenwohnheim.

Ohne auf die anderen zu achten, erzählte Mareen ihren Eltern, was passiert war. Die ganze Geschichte, vom Skifahren bis zu dem Moment, wo die Polizistin sie im Auto mitgenommen hatte. Sie beschrieb die Rettung so ausführlich, dass keiner wagte, sie zu unterbrechen. Selbst der Moderator vom Fernsehen hörte zu.

Dorothee und Josef waren überglücklich. Sie versuchten, das Mädchen zu beruhigen. Doch Mareen sprudelte förmlich über, wusste die gesamte Gemeinde zu unterhalten. »Scht«, sagte Doro, legte ihr einen Finger auf die Lippen.

Pfarrer Semmeling mischte sich ein. »Lass die beiden ruhig reden. Jesus hat gesagt: Lasset die Kinder zu mir kommen. Er hat nicht erwähnt, dass sie still sein sollen.«

»Mareen hat sogar Suppe gekocht. Zusammen mit Amana«, erzählte Tommy, ohne von Adils Seite zu weichen. »Nicht so gut wie deine, aber trotzdem lecker. Und offenes Feuer hatten wir. Aber nur abends, wegen ...« Er machte sich so groß, wie es ging. »... können wir da was machen? Ich will nicht, dass Amana und Adil etwas passiert.«

Der Pfarrer nutzte die Gelegenheit, ging von der Kanzel zu ihnen hinunter. Taschentücher wurden gezückt, Augen getrocknet. »Mach dir keine Sorgen, Thomas«, sagte der Geistliche, »Dies ist ein Gotteshaus. Vorläufig können eure Retter hierbleiben. Oder wie sehen Sie das, Herr Mannbarth?«, richtete er die Frage an den Kontrollinspektor.

Stefan antwortete lächelnd mit einem Nicken. Er war nicht in der Lage, zu sprechen.

Oberst Hämmerle stand auf. Irgendetwas musste er tun, sonst würde auch er zu weinen beginnen. Erst ganz leise, dann immer lauter klatschte er Beifall. Luis, Georg und ihre Kollegen stimmten ein. Immer mehr Menschen standen auf, folgten ihrem Beispiel. Bis die ganze Kirche im Applaus vereint die hilfsbereiten Flüchtlinge ehrte.

Es dauerte geschlagene zehn Minuten, bis sich die Gemeinde beruhigt hatte. Anna hatte sich neben Luis gesetzt. Willi und sein Freund hatten Platz gemacht für das syrische Paar.

Pfarrer Semmeling stand auf der Kanzel. »Mir fehlen die Worte, ich bin überwältigt. Dieser Augenblick ist einmalig. Unsere Gebete sind erhört, unsere Bitten, unsere Hoffnung erfüllt worden. Zu wissen, dass der Herr über uns wacht, macht mich demütig. Die Gnade, die uns zuteilwurde, wird keiner in diesem Hause je vergessen. Die Gnade, ein Weihnachtswunder miterleben zu dürfen. Wir sollten aus gegebenem Anlass gemeinsam das Lied Nummer 5 auf dem Liederzettel vor euch singen, O du Fröhliche.«

Oberst Hämmerle, Luis und Stefan Mannbarth waren nach dem Gottesdienst vom Priester in die Sakristei gebeten worden. Anna hatte wieder einmal etwas eigenes vor. Der Pfarrer wollte Rechtssicherheit, es würde schwer werden den beiden Syrern kirchliches Asyl zu gewähren. Auch er hatte Vorgesetzte.

»Ich kann Ihre Bedenken durchaus verstehen, Hochwürden«, sagte Hämmerle. »Durch die Fernsehübertragung dürfte es allerdings für die Behörden schwer werden, gegen das Ehepaar vorzugehen. Leider ist das nicht von mir abhängig. Leute außerhalb meines Einflusses werden entscheiden.«

»Ich kenne den Fall ziemlich genau«, erklärte Stefan, »habe die Papiere der beiden noch gut in Erinnerung. Die wurden bei ihrer Registrierung völlig falsch ausgefüllt. Ihre akademische Ausbildung, die Frau ist Diplom-Ingenieurin, der Mann Doktor der Medizin, hat man nicht eingetragen. Bei Sprachkenntnissen steht nur Arabisch. Dabei beherrschen sie neben Deutsch auch Englisch und Französisch. Alle Welt redet von qualifizierter Zuwanderung. Wenn die Familie Kalil nicht qualifiziert ist, weiß ich auch nicht mehr.«

»Darum müssen sich die weltlichen Organisationen kümmern«, sagte Semmeling. »Ich für meinen Teil gewähre der Familie so lange Asyl, wie es mir erlaubt wird.«

Ein Diakon betrat die Sakristei. Er ging mit schnellen Schritten zum Pfarrer, hielt ihm eine Hand ans Ohr, flüsterte. Semmelings Miene erhellte sich. Der Bischof war bereit, seine schützende Hand über Adil und Amana zu halten.

Anna war in der Menge die Cordjacke von Ben Salzinger aufgefallen. Während sich die Kollegen und der Priester zurückzogen, nutzte sie die Gelegenheit, sich bei dem Reporter zu bedanken.

»Herr Salzinger, es tut mir leid, dass unsere allererste Begegnung so unangenehm verlaufen ist. Ich freue mich, dass sich das geändert hat.«

»Ist schon gut, Frau Tanzberger. Ihre Reaktion damals am Jagdhaus war durchaus gerechtfertigt. Ich habe mich in den letzten Jahren weiterentwickelt. Der Bericht über den Entführungsfall wird mein letzter für den Express sein.«

»Ich habe mich mit meinem Chef, Oberst Hämmerle, kurzgeschlossen. Er bedankt sich für Ihre Hilfe. Selbstverständlich dürfen Sie, wie besprochen, die ganze Geschichte veröffentlichen.«

»Danke, Frau Tanzberger, ich habe es mir anders überlegt. Es wird ein kleiner Artikel, nicht mehr als das, was die anderen Zeitungen drucken. Ich glaube, ich werde ein Buch schreiben. Diese Geschichte ist es wert.«

»Das denke ich auch«, erwiderte die Polizistin. »Ich bin Anna, frohe Weihnachten.«

»Ben, auch Ihnen ein frohes Fest.«

Express, der 25. Dezember 2015

Wer bisher Weihnachtsgeschichten aus Märchenbüchern kannte, wurde gestern von der Wirklichkeit eingeholt. Die vermissten Kinder Mareen (7) und Thomas (11) sind wohlbehalten in die Arme ihrer Eltern zurückgekehrt.

Was war geschehen? Zwei Tage lang hatte ein Kandidat der VÖ die Polizei mit falschen Angaben in Atem gehalten. Eine Geschichte von Entführung und Erpressung wurde lanciert. Angebliche Lösegeldforderungen gaben den nötigen Nachdruck.

Borna Babić, besser bekannt unter dem falschen Namen Bertram Bruckner, hatte das Verschwinden der Kinder seiner Freundin genutzt, um in der Wählergunst aufzusteigen. Der Abgeordnete und Babićs Parteikollege Frank Leitner schmiedete mit ihm den perfiden Plan, der in einer inszenierten Lösegeldübergabe gipfelte.

In diesem Zusammenhang wurde der Hotelier Felix Enzinger vorübergehend in Gewahrsam genommen. Ihm konnte eine Absprache mit den beiden Tatverdächtigen nachgewiesen werden. Eine Haftprüfung steht noch aus.

Das LKA Salzburg, insbesondere Revierinspektorin Anna Tanzberger, zweifelte früh an den Aussagen des Herrn Babić. Nicht zuletzt, weil sie auf die tatkräftige Unterstützung eines Spezialisten für Entführungsfälle aus Deutschland zurückgreifen konnte.

Babić und Leitner wurden verhaftet. Sie stehen auch wegen einer Serie von Überfällen auf Bankautomaten unter Verdacht. (Wir berichteten in 2013)

Den syrischen Flüchtlingen Dr. Adil Kalil und seiner Frau, Diplom-Ingenieurin Amana Kalil, wurde Kirchenasyl gewährt.

Ben Salzinger für Express. Frohe Weihnachten Ihnen

allen.

Übrigens ...

... möchte ich Ihnen erklären, warum es kein Mordopfer in diesen Krimi geschafft hat. Sind doch in seinen 3 Vorläufern so einige Menschen von den Bösen dahin gemeuchelt worden.

Mehrmals habe ich darüber nachgedacht, wann und wo welche Person ein unleidliches Ende nehmen könnte. Eines der Kinder? Beide? Bruckner? (Um den wäre es nicht schade gewesen.) Oder einer der Polizisten, der den Verdächtigen bei der Geldübergabe beobachtet hat?

Aber sagen Sie selbst, was wäre das für eine Weihnachtsgeschichte?

Eigentlich müssen Krimis übertreiben, Dialoge und Handlungen überspitzen, Charaktere überzeichnen, um sie glaubhaft und interessant zu machen. Bei diesem Buch habe ich jedoch mehr der Realität entlehnt. Leute wie Bruckner und Enzinger habe ich kennengelernt. Die beiden Kinder, sie sind wirklich so, ebenfalls.

Ein lieber Freund hat mir zum Inhalt des Buches gesagt, ich könnte einigen Leuten ganz schön auf den Schlips treten. Nun ja, ich konnte nicht anders, die Geschichte war so in meinem Kopf, sie musste einfach raus. Dieser Freund geht manchmal in Asylantenwohnheime und spricht mit den Menschen. Dass jemand da ist, um zuzuhören, oder zu reden, wird mit viel Dankbarkeit vergolten, sagt er.

Ich möchte nicht das Gewissen meiner Leserinnen und Leser sein, weit gefehlt. Ich wünsche mir nur, dass - wenn wir alle am Weihnachtsabend um den reich gedeckten Tisch sitzen, Pakete aufreißen, die Verwandtschaft herzen - wir einmal an die Menschen denken, die alles verloren haben, nur eine Minute. Das wäre ein Weihnachtswunder!

Ich bedanke mich bei Ihnen, auch bei jenen, die mich nicht verstehen.

Ihnen allen ein Frohes Weihnachtsfest.

Karel van Keulen
30. November 2017

Danksagung

Mein großes Dankeschön geht diesmal an den NaNoWriMo und den vielen Helfer Drumherum. Einige werden sich fragen, was ist das. Zu recht, ich wusste auch nicht davon, bis zu diesem Sommer.

NaNoWriMo bedeutet National Novel Writing Month und ist ein Schreibwettbewerb für Schriftsteller und die, die es werden wollen. Frei nach dem Motto: Mehr Geschichten braucht das Land. Erdacht vor der Jahrtausendwende in Californien, verzeichnen sie inzwischen Teilnehmer aus der ganzen Welt. In fast jeder Sprache.

Ziel ist es nicht, den nächsten Welterfolg zu schreiben oder einen Nobel-Preis für Literatur zu erhalten. Das eigentlich Wichtige ist: spring über deinen Schatten, reiß dich zusammen und schreib ein Buch mit mindestens 50.000 Wörtern, in einem Monat. Dem November.

Ich habe es geschafft, aber nur durch die Unterstützung der NaNoWriMo Leute. Die Hilfe via E-Mail oder dem Blog, was ich dabei gelernt habe, ist unbezahlbar. Systematisch und zielorientiert arbeiten mit einer klaren Aufgabe vor Augen haben sie mir ermöglicht. Vielen Dank dafür.

Bevor ich es vergesse, vielen Dank an meine Frau. ILYD

Sie sind herzlich eingeladen, Fan meiner Facebook-Seite https://www.facebook.com/postalmkrimis zu werden und meine Webseite http://www.vankeulen.pub zu besuchen. Auch einem persönlichen Feedback steht nichts im Wege – meine E-Mail-Adresse lautet karel@vankeulen.pub.

Was des Bühnenschauspielers Applaus (oder Buh-Rufe),

sind in heutiger Zeit des Autors Buchbewertungen. Deshalb würde ich mich sehr freuen, wenn Sie sich die Zeit nehmen würden, Ihre ehrliche Meinung in Form einer Rezension kundtun würden. Kurz und knackig – also 1 bis 3 Sätze – sind hierfür völlig ausreichend.

Euer und Ihr Karel van Keulen

www.ingramcontent.com/pod-product-compliance
Lightning Source LLC
Chambersburg PA
CBHW031344170626
46807CB00002B/819